잇츠 마이 라이프 **1**

초판 1쇄 인쇄일 2021년 12월 17일 | **초판 1쇄 발행일** 2021년 12월 24일

지은이 초촌 | **펴낸이** 곽동현 | **담당편집 팀장** 이범수
편집부 정요한 최훈영 조혜진

펴낸곳 (주)조은세상 | 출판등록 제2002-23호
주소 서울특별시 동작구 동작대로1길 27 5층
TEL 02)587-2966 | FAX 02)587-2922
E-mail bukdu@comics21c.co.kr

초촌©2021
ISBN 979-11-391-0354-0 | ISBN 979-11-391-0352-6(set)
값 8,000원

1

북두
(주)좋은세상

초촌 현대판타지 장편소설

잇츠
IT'S MY LIFE
마이라이프

초촌 현대판타지 장편소설

MODOERN FANTASY STORY

CONTENTS

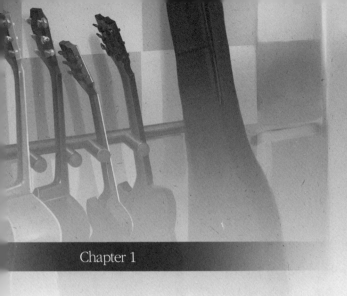

[아, 네. 그렇죠. 저희도 이해합니다. 하지만 작가님은 현대물에 더 재능이 있으신 것 같습니다. 보셨다시피 판타지물은 성적도 좋지 않고…… 안 그래도 A 플랫폼에서 제안이 하나 들어왔는데 현대물을 써 주신다는 전제하에…… 그러니까 이번 작품은 현대물로 가시는 게…….]

기분 더러웠지만.

'네'라고 대답할 수밖에 없었다.

틀린 말이 하나도 없었으니까.

연재라는 매일 매일의 심판대에 오르는 상업 글쟁이에게 조회 수는 칼이고 총이고 대포였다.

조회 수가 나오지 않으면 아무리 공을 들여도 지하에 파묻히고 양판소니 뻔한 클리셰니 뭐니 댓으로 난도질당해도 조회 수만 나오면 장땡이었다.

당연히 출판사도 플랫폼도 조회 수 잘 나오는 글에 초점을 맞출 수밖에 없었고 작가 또한 그랬다. 결국 흐름을 이끄는 건 매출일 테니.

"……."

하지만 너무 속이 쓰렸다.

판타지물에 대한 열정이 아직 가슴에 활활 타오르고 있는데.

왜 날 알아주지 않는 걸까.

물론 출판사의 권유가, 플랫폼의 제안이, 감사한 일이라는 것 정도는 알았다. 아예 아니라면 그마저도 없을 테니까.

아닌가? 이마저도 정신 승리인가? 젠장.

"에이씨, 운동이나 하러 가자."

기분 꿀꿀할 땐 머릿속이 백지가 될 만큼 몸을 굴려 주는 게 최고.

"어디 가?"

"어, 운동."

"운동? 신나게 하고 와."

"알았어."

전업 작가로 나서기 전, 난 소위 이름만 들어도 알 만한 대기업에서 십 년을 넘게 다녔다.

마케팅 직종에서 일했고 2백 개가 넘는 기업의 간부들과 만나 소통했다. 남은 시간에는 판타지 소설에 심취했고, 너무 심취하는 바람에 이 길로 와 버린 건데.

후회는 없는데…….

히트작은 없고.

낡은 삼선 슬리퍼 앞으로 튀어나온 발가락이 왜 이다지도 애처로운지.

다시 정장 입고 전국이 좁다 하고 쏘다녀야 활기가 돋으려나?

엘리베이터 거울에 비친 모습도 그랬다.

꼭 오크 굴에서 탈출한 도망자같이 추레했다. 전에는 상상도 못 한 꼴에도 밖으로 나설 만큼 무감각해진 신경이 어이없으면서도 또 그걸 민망해하지 않는 스스로가 기가 막혔다.

뭔가 어정쩡하고…… 이러다 정말 방구석 폐인이 되는 게 아닌지.

내리쬐는 햇볕은 왜 이리 어색한 거고.

그러고 보니 두문불출한 지 한 달째던가.

"…….."

덜렁거리는 슬리퍼라도 부여잡고 내달렸다.

착착 대지를 박찰 때마다 괜찮던 무릎이 시큰거린다.

이젠 뛰는 것도 안 되나?

욱신욱신 관절이 비명을 지르는데.

사실 이도 익숙했다. 관절이 내 몸무게를 이기지 못해 생기는 현상인데 더 놔두면 걸을 때도 아프다. 이럴 때 가장 좋은 방법은 마구 굴리는 건데.

체육관 출입하기 시작한 것도 이 때문이었다.

애들 뛰어노는 태권도 도장 옆, 거창하게 〈종합격투 아카데미〉라고 쓰인 간판을 다는 걸 무심코 발견했고 평소에도 UFC 시청을 즐기는지라 한번 알아봐지 하는 마음으로 근 1년간 눈팅만 하다가 소심하게 문을 연 게 5년 전이니까.

작가도 운동이 필수였다.

걷기든 달리기든 헬스든 뭐든 해야 20권, 30권 내달리는 긴 페이스를 버틸 수 있었다.

컴퓨터 앞에서 글만 쓰다 컴상사하기 싫다면 무조건 움직여야 하고 그래서 가타부타 말없이 오로지 육체로만 대화하⋯⋯ 5년 전이나 지금이나 여전히 쓸 만한 관원 하나 없는 이곳은 내 최후의 보루나 마찬가지였다.

비록 망하기 일보 직전이라도 이곳에만 오면 시도 때도 없이 달려드는 활자와의 싸움에서 벗어날 수 있었으니까.

실제로 괄약근이 풀릴 만큼 용을 쓰고 나면 플롯이니 개연성이니 캐릭터니 하는 것들은 1도 생각 안 난다.

"어이, 장대운이 오랜만이네. 글은 다 쓰고 왔나?"

관장이었다.

머리통이 어깨랑 바로 이어진 남자.

환갑을 찍었음에도 쳤다간 내가 먼저 맞아 죽을 것 같은 강력한 육체의 소유자.

수컷으로서도 괜히 밀리는 느낌이라 그래서 더 가까이하고 싶지 않은 인간이었다.

너무 강해서 인간 같지도 않은 남자.

"몰라요. 요새 정신 사나워서 그런지 손에 안 잡히네요."

"것 참, 신기해. 머리통 크기는 비슷한데 어떻게 네 머리에서는 몇 년 내도록 글이 줄줄줄 나오냐. 아직도 쓸 게 남아 있다는 게 난 이해가 안 돼."

"이해하지 마세요. 저도 그 나이 먹고 절 가지고 노는 관장님이 이해 안 되니까."

"난 지극히 상식적인 남자다. 자식아. 너랑 달라."

"저도 상식적이에요. 관장님과는 달리."

"네가 어떻게 상식적이냐? 나는 한 장을 쓰라고 며칠을 줘도 못 쓴다고."

"그러니까 관장님은 관장님이고 저는 작가죠. you know?"

"이 새끼 또 잔잔바리 영어 쓰네. 근데 소재가 아직도 많냐?"

"요즘은 노래 안 들으세요?"

"묻는 대답은 안 하고 노래는 왜?"

"사랑 노래 보세요. 몇천 년 전부터 지금까지 부르잖아요. 질리지도 않게."

"그야……."

"사람이 많은 만큼 소재는 널렸고요. 그걸 옳게 가공하는 게 문젠데. 자료 조사도 필요하고…… 아아, 몰라요. 말해 줘도 모르면서 자꾸 묻기는. 오늘은 뭐로 꺾을까요?"

"꺾긴 뭘 꺾어, 인마. 스텝이나 해라. 준영이는 오늘 못 온댄다."

"예?!"

청천벽력 같은 소식이었다.

큰마음 먹고 나왔는데 하필 스파링 맞수가 결장이라니. 그 녀석과 마주 잡아야 그나마 머리가 새하얗게 될 만큼 용을 쓰는데.

잘못하면 운동하면서 스토리 생각하는 막장을 겪게 된다.

"왜요? 왜 안 온대요?"

"몰라. 바쁘대. 이왕 왔으니 스텝이나 해라. 격투기는 무조건 스텝이다."

"아, 싫어요. 혼자서 춤출 일 있어요? 그냥 샌드백이나 때릴게요. 요새 치고 싶은 얼굴이 많아서."

"마음대로 해라."

모처럼 와서 그냥 돌아갈 수 없으니 차선책으로 오늘 전화 건 누구를 생각하며 샌드백이나 쳤다.

한 10분 쳤나?

뒷짐 진 관장이 슬쩍 다가왔다.

용건이 있는 모양.

"왜요?"

"……한잔하러 갈까?"

"갑자기요?"

"더 올 사람도 없는 것 같은데 일찍 닫고 나가자. 어제 우리 집에 전복 들어왔다. 간만에 적시는 거 어때?"

적신다라.

전복도 있고.

솔깃하긴 했다.

코로나 때문에 운동도 마스크 끼고 하는 판이라 할 맛도 안 나고 파트너도 마침 결장이다.

적당한 핑계거리였다.

관장의 집은 바로 앞에 보이는 아파트 동.

나가면 금방이고 인심 좋은 사모님은 요리 솜씨가 좋다.

콜.

"그럴까요?"

푸짐하게 차려진 한 상을 두고 관장 한 잔, 나 한 잔 때리다 보니 어느새 몇 병이 쌓였다.

밤도 깊었고 이쯤이면 자리를 파할 때도 됐는데 오늘따라 관장이 계속 붙잡았다. 사모님도 먼저 들어가게 하고 무슨 할 말이 있나 기다려 줘도 시원스레 말도 안 하고 술만 자꾸 퍼붓고.

그렇게 인내심 가지고 기다리다 내가 먼저 맛이 갔다.

"아, 그러니까요. 내 판타지에 대한 열정을 무시하고 자꾸 현대물을 쓰라잖아요. 현대물은 뭐 하늘에서 뚝 떨어지나."

"그러냐?"

"아이씨, 미치겠어요. 안 그래도 슬쩍 준비해 놓긴 했는데 귀신같이 알아채고 내놓으라잖아요. 출판사 놈들 우리 집에 몰래카메라 설치했나?"

"쓸 거 있으면 된 거 아냐?"

"아니요. 그게 그렇게 간단치가 않아요. 어, 근데 갑자기 왜 적극적이에요? 원래 이런 얘기 관심 없지 않았어요?"

"그냥 얘기해 인마. 너도 네 말 들어 줄 사람 정돈 필요하잖아."

"그야…….."

"해 봐. 들어 줄게."

이때라도 난 덥석 속마음을 꺼내지 말고 그의 말이 나오게 유도했어야 했다.

하지만 남의 사정 봐주기엔 내가 너무 초라했다.

"그게…… 회귀물인데요. 주인공이 과거로 돌아갔는데 하필 너무 어릴 때로 돌아간 거죠. 대충 시절은 다 기억나는데 가만히 생각해 보니 그걸 주워 먹을 방법이 없는 거예요. 주인 공 입장에서는 기가 막힌 거죠. 쥐도 못 먹을 판이니."

"그래서?"

"그래서가 뭐가 그래서예요. 전작 주인공인 오대길이는 금수저라 조금은 손쉽게 헤쳐 나갔는데 얘는 완전 흡수저라서 방법이 없죠. 작가로서 안쓰럽기도 하고 그래서 겨우 찾아낸 게……."

나불나불

얼마나 떠들었는지 모르겠다.

아니, 스스로가 너무 얄팍했다.

이 나이 먹도록 속 시원하게 떠들 자리 하나 만들지 못한 인생이,

술기운을 빌려 토해 내듯 뭔가 내뱉었다 한들 얼마나 영향력이 있을까마는 그걸 알면서도 자제하지 못했다.

오늘은 왠지 그러고 싶다는 이유로, 본래 이 자리를 만든 상대의 마음을 외면한 채 봇물 터지듯 내 말만 해 댔다. 전복도 혼자 다 처먹고.

어떻게 집에 돌아왔는지도 기억나지 않았다. 눈 떠 보니 집이었고 일어난 나는 기계처럼 컴퓨터에 앉아 오더 주신 출판사님의 의지에 따라 현대물의 구성을 짰다.

시간은 그렇게 잘도 흘러갔다.

점점 윤곽이 드러나는 스토리라인에 푹 빠진 나는 그날 무슨 일이 있었는지조차 잊어버린 채 열중해 들었고 설정에 오류가 없는지 검수하고 또 검수하기 바빴다.

내 세상은 온통 그것뿐이었다.

그리고 그것이 바로 내 세상이 된 순간 비로소 자판에 손을 올려놓을 자격이 생겼음을 깨달았다.

그 무렵 뜬금없는 문자 한 통을 받았다. 스파링 파트너 준영이로부터.

【관장 부고.】

이게 무슨 개소린지.

운동을 오래 나가지 못하긴 했다.

그런데 단지 일주일이었다. 아직 어금니 사이에 짱박아 둔 전복의 향도 다 사라지지 않았는데 뭐라고?

바로 전화를 넣었다.

[형.]

"너 이런 거로 농담하는 거 아니다."

[형, 교통사고래.]

"씨벌. 너 진짜 장난하면 내 손에 죽는다!"

[아, 몰라. 빨리 와. 사모님이 형 찾아.]

무슨 정신으로 갔는지 모르겠다.

상복은 입은 사모님을 보는 순간 머리가 새하얘졌고 어떻게 문상했는지 기억도 나지 않았다.

날벼락도 이런 날벼락이 없다.

장례식장 구석에 가만히 앉아 있는데.

쌩~ 하다.

손님이 한 명도 없네. 입구에 그 흔한 화환조차 하나 쳐 보이지 않았다.

"……."

사모님은 빈소에 앉아 가만히 영정 사진만 보고 있었다.

저 가녀린 등이 오늘따라 왜 이다지도 위태로운지.

억장이 무너졌다. 화도 났다.

소도 때려잡을 사람이 고작 교통사고로 죽어? 아니, 어떻게 살았길래 뒈져도 사람 하나 안 찾아오나!

정신 차려 보니 화원에 전화 걸고 있었다.

"네네, 맞아요. 근조 화환 1백만 원어치만 보내 주세요. 10개 맞죠? 예예, 바로 입금할게요. 문구랑 보내는 분이요? 그건 알아서 해 주세요. 205호고요. 고인 이름이 허성갑이에요. 중복 안 되게 기업체 몇 개 섞어서. 예예, 거기 리스트 있을 거 아니에요?! 일 한두 번 하시나. 맞아요. 지금 얼른 보내 주세요. 바로 입금할게요."

이게 무슨 짓인지 하면서도 손가락은 은행 앱을 눌렀다.

손님은 답이 없더라도 대문은 좀 화려해야 하지 않겠나?

관장한테 자식이 없는 건 알았다. 언젠가 물어봤는데 '없다' 했으니까.

괜히 나 혼자 나서서 상복을 빌려 입고 빈소를 지켰다.

이틀 내내 찾아온 이는 단 두 명.

그 둘도 장례식장 직원이랑 화원 사장이었다.

그날 저녁,

사모님이 나를 조용히 불렀다.

"먼저 고맙다는 말을 하고 싶었어요. 대운 씨."

"……"

"고생 많았어요."

"……아닙니다."

"대운 씨가 함께 있어 그나마 덜 힘들었어요. 이제 내일이면 화장이죠?"

"예."

"화장하면 난 한국을 떠날 거예요."

"네?! 아예…… 어디로……요?"

"딸이 미국에 있어요."

"!!! ……따님이 있었어요?"

이게 무슨 소린지.

분명히 없다 했는데.

그럼 걔는 왜 안 온 거야?

"미안해요. 사정이 있어요."

"……"

"저기 이것."

노란색 보자기로 싼 무엇을 테이블에 올려놓았다.

사모님을 무척 존중하지만.

뭔가 배신당한 기분이라 아무것도 보이지 않았다.

지난 이틀간 내가 한 짓은 뭐지?

"그날 같이 술 마시고 다음 날 그이가 이걸 줬어요. 대운 씨가 의리 지키면 주라고요. 그때는 무슨 얘긴가 했는데 이런 일이 벌어지고 나니 생각이 많아지더라고요. 너무 궁금해서 펴 보고 싶었는데 왠지 그이가 보고 있는 것 같아서⋯⋯."

"⋯⋯."

실망감에 보자기에는 눈길도 주지 않았다.

"결국 안 보는 게 좋겠다는 결론을 내렸어요. 무엇이 나오던 내겐 좋지 않을 것 같았거든요. 아시죠? 그이가 대운 씨를 무척 아낀 건."

"⋯⋯."

기가 막힌 건 '아꼈다'는 말을 듣는 순간 차오르던 원망과 배신감이 썰물처럼 사그라졌다는 것이다.

젠장, 쉬운 놈.

목 짧은 관장이 실실 쪼개는 모습이 보이는 것 같기도 하고. 그 양반이 날 좋아하는 건 진즉 알긴 했는데⋯⋯.

조금은 이해했다.

좋아하는 마음과 집안 사정을 다 털어놓는 건 전혀 별개의 문제니까.

순간 얼굴이 확 달아올랐다.

명색이 작가라는 놈이 삶마다 사정이 천차만별인 걸 전혀 헤아리지 못했다. 이 순간 가장 슬픈 사람은 내가 아닌 사모님일 텐데.

사모님이 내 손을 잡았다.

"그이는 대운 씨를 아주 특별하게 생각했어요. 어렸을 때 자신 같다고 여러 번 말했죠. 대운 씨 얘기하며 자주 웃기도 했고요. 맞아요. 우린 미국에서 왔어요. 그이가 우겨서 돌아온 거죠. 나와는 달리 그이는 이곳에서 자랐으니까요."

"……그렇군요."

"대운 씨 고마워요. 대운 씨 아니었으면 한국 생활이 무척 힘들었을 거예요. 가끔씩 찾아올 때마다 집안에 온기가 도는 기분이었죠. 같이 한잔씩 기울일 때마다 아들을 낳았다면 저런 모습이 아닐까 상상도 했어요. 아, 미안해요. 이런 말 하려고 한 건 아닌데. 감사해요. 끝까지 곁을 지켜 줘서."

"아닙니다. 제가 뭐 한 게 있나요."

"아니에요. 꼭 이 말을 해 주고 싶었어요. 대운 씨가 있어 많이 든든했다고."

이게 끝이었다.

사모님은 장례를 마치자마자 바로 미국행 비행기에 올랐다. 내가 5년이나 다닌 체육관은 임대 스티커가 붙었고 그들이 살던 아파트는 어느 날 사다리차가 한 대 오더니 싹 쓸어 갔다.

두 사람이 한국에 살았다는 걸 증명하는 건 노란색 보자기 하나가 다였다.

집으로 돌아왔지만. 나는 풀어 볼 생각을 못 했다.

선뜻 손이 가지 않는 것도 있었고 또 이런 마음도 있었다.

평소 장난을 즐긴 관장답게 눈깔사탕 같은 걸 넣어 놓지 않았을까?

그 기대가 깨질까 무서웠다.

난 아직 추모를 다 끝내지 못했는데.

그러나 그 마음은 이틀이 되지 않아 출판사님의 독촉 전화에 와르르 무너졌다.

얼른 써.

예.

정중을 가장한 채찍에 아야! 한 나는 노예근성이 되살아나며 컴퓨터로 복귀.

기계처럼, 습관처럼 넘어가는 페이지에 젖어들었고 노란색 보자기는 어느새 잊혀졌다.

그러길 얼마나 지났을까.

찾지도 않은 관장이 꿈에 나타나 욕부터 날린다.

《너 이 새끼, 왜 안 풀어 봐?》

'예?'

《그거 준 거 있잖아. 너한테 준 거. 노란 거.》

'뭐…… 아아~ 그 보자기요?'

《그래, 이 자식아. 줬으면 빨리 풀어 보고 결론 내야지. 찾아오게 만들고. 너 진짜 혼난다.》

'그게 뭔데요?'

《그냥 풀어 보기나 해~이씨!》

'꼭 봐야 하는 거였어요? 알았어요. 일어나면 풀어 볼게요. 풀어 보면 되잖아요. 모처럼 와서 윽박은.'

《그거 원래 내 딸한테 주려던 거라고 자식아. 내 핏줄한테도 안 주고 너한테 준 거라고! 그게 얼마나 귀한 줄도 모르고. 내 마음을 네가 알아?!》

'저야 모르죠.'

《하여튼 짜식이…… 뭐, 어쨌든 고맙다. 곁을 지켜줘서.》

'뭘요. 잘 갔으면 됐죠.'

《그래, 잘 갔다 인마. 난 이제 간다. 아참, 사용법은 그냥 먹으면 된다.》

뭘 또 먹으라는 건지.

언제나처럼 간단명료하게 자기 용건만 끝낸 관장은 사라졌고 난 찬물을 얻어맞은 것처럼 잠에서 깼다.

어두컴컴한 밤임에도 잘도 보이는 노란색 보자기.

얼른 풀었는데.

상자가 하나 있었다. 그 상자 안엔 편지와 손톱만 한 작은 구슬이 하나 들었다.

먹으랬으니까.

바로 집어 먹었다.

"……"

돌이켜 보건대 이때 왜 그랬는지 모르겠다.

꿈에 나타나 독촉해서 그랬을까? 아니면 출판사님의 아바

타로 사는 게 익숙해져서 그랬나?

　차근차근 살펴본 후에 먹어도 충분했을 텐데.

　먹자마자 난 물먹은 솜이 되어 늘어졌고 정신을 잃었다.

　그렇게 그 편지를 읽지 못했다. 바보같이.

◇ ◆ ◇

　- 대운이 잘못되면 어떡하노. 엄마…….

　- 시끄럽다 이년아.

　- 엄마아아.

　- 그러게 아를 그렇게 때리는 사람이 어딨노?! 니가 제정신
이가?!

　- 어떡하면 좋노. 흐흐흑, 대운이 잘못되면 내는 못 산다.

　- 그렇게 아끼는 년이 아를 이 꼴로 만들어! 저리 안 가나.
이년아!

　어렴풋이 무슨 소리가 들렸다.

　누군가는 울고 누군가는 다그치고.

　떠들려면 다른 곳에나 가서 떠들지. 시끄럽게 남의 집 앞
에서…….

　"……!"

　깜짝 놀랐다.

25

누가 우리 집에 왔다고? 내 머리를 쓰다듬는 손길은 또 뭐고?

"……."

눈을 뜨니 희뿌옇게 보이는 건 돌아가신 할머니의 얼굴.

뒤에 계신 분은 엄마?

젊어진 할머니와 젊은 어머니였다.

"깼구나. 불쌍한 내 새끼. 많이 아팠제. 무서웠제? 이제 괜찮다. 이 할매가 다 막아 주꾸마."

"대운아~."

"니는 저리 안 가나! 어딜 아한테 손을 대!"

어머니를 밀치는 할머니였다.

할머니의 머리가 새카맣다. 흰머리가 하나도 없이.

젊은 어머니는 밀쳐지면서도 울며 다가왔다.

무슨 일인지 상황 파악하기도 전에 어떤 기억이 밀려들어왔다. 머리가 지끈거렸다.

"으윽……."

"아프나? 머리도 아프나? 이년이, 머리도 때렸나?! 이 미친 것이 진짜 아를 죽일라 캤나!"

"아니야. 아니야. 머리 안 때렸다."

"저리 안 가나! 한 발짝만 더 오면 내가 확 쥑이뿔끼다. 이 쪼그만 아를 어딜 때릴 데가 있다고 손을 대!"

난리 치는 할머니와 울며불며 아니라고 하는 어머니 사이에서 7년짜리 인생이 파노라마처럼 지나갔다.

이곳은 단칸방이다.

세간살이도 10인치나 될 법한 브라운관 TV에, 장롱 하나, 구석 협탁엔 이불이 높게 개어져 있고 그 옆엔 롯데라는 로고가 큼지막하게 박힌 음료수 상자가 두 줄로 쌓여 있다.

반투명한 창이 달린 미닫이문 너머엔 슈퍼마켓이 있단다.

밀려오는 기억이 자꾸 우리 집이란다. 인천의 값싼 아파트가 아니라 슈퍼마켓이 우리 집이라고. 우리 집 슈퍼마켓 한다고.

없는 일이 아니었다.

예전, 아주 예전에 잠깐 우리 집이 슈퍼마켓을 한 적 있었다.

한 2년 했던가?

먼 기억일 뿐인데.

지금은 바로 어제처럼 선명하였다. 비스듬하게 세워 놓은 거울에 비친 어린 장대운처럼.

"······!!!"

잠깐 또 꿈을 꿨나 했다.

그랬다면 시원하게 웃어넘길 텐데.

기억하는 모든 날을 통틀어서 이렇게 머리가 맑았던 적은 없었다.

상황이 전부 읽혔다. 주변 모든 것이 명확하게 인지됐다. 현실이라고 가슴에 다가와 저 거울에 비친 어린 녀석이 나라고 말해 줬다.

손가락 꼼지락 거리는 것부터 눈알 돌리는 것까지 완벽하게 나라고 말이다.

"정말……이야?"

이름이 '농심 체인지 슈퍼'였다. 체인도 아니고 체인지.

막 쓴 영어가 쓰인 간판이 방아쇠를 당긴 듯 쏘아진다.

기억이 일치될수록 시간에 잠겼던 어린 시절의 단면이 수면 위로 떠올랐다.

하나씩 판단되어지며 지금의 상황이, 앞으로 벌어질 일들이, 사라락 오래된 앨범 속 사진을 꺼내는 것처럼 쑥쑥 눈에 들어왔다.

하나씩 하나씩 맞춰지며 나를 압박했다.

너 이 새끼 회귀했다고.

너 대박 났다고.

경악하였다. 심장이 주체할 수 없이 뛰었다.

'이게 정말 현실일까? 회귀가 소원이고 갈망이고 염원이라지만 진짜로 이런 일이 벌어진다고?'

몸으로 어머니를 막아서는 할머니와 울며 어떻게든 다가오려 애쓰는 어머니를 보았다.

생난리였다.

다시 거울을 보았다.

이리 만져 봐도 저리 만져 봐도 내 얼굴이고 내 몸이다. 어린 장대운!

다시 두 분을 보았다.

여전히 실랑이.

젊다는 건 둘째 치고 저 두 분은 왜 저러고 계시…… 어!

'아아, 그날이구나.'

할머니가 저렇게 화내는 이유가, 어머니가 서럽게 울며 다가오려는 이유가 기억났다.

그날이었다.

일생을 두고도 가장 엿 같은 날로서 세 손가락 안에 드는 날.

불혹을 맞이한 성인이 돼서도 이해 안 갔던 그 날.

이따금씩 떠오를 때마다 '왜?'란 질문을 수도 없이 던지게 했던 멍울의 날.

그러나 도저히 내 입으로는 물어볼 수 없었던 날.

그 한가운데 내가 와 있었다.

'기절한 날이구나. 엄마한테 처맞다가.'

몸 하나는 튼튼해서 때리면 때리는 대로 잘 맞아 주던 아이가 어느 날 맞다가 정신을 잃었고 놀란 어머니는 할머니를 불렀다. 그때 기억에도 눈 떴을 때 처음 본 사람이 할머니였다.

기가 막힌 건 이렇게 선명한 데도 맞은 이유를 모르겠다는 점이었다.

무슨 일인지도 모른 채 무조건 잘못했다고 빌었고 아무리 빌어도 소용없었다는 것과 소리 지르며 몽둥이를 휘두르는 어머니의 험악한 표정만 계속 남아 있었다.

그러니까 그때도, 오늘도, 지금도…… 난.

맞은 이유를 모르겠다.

"……."

돌아온 당혹보다 그 사실이 더 크게 가슴을 때렸다.

20kg도 안 되는 어린아이가 얼마나 큰 잘못을 했기에 그렇게 무참히 때릴 수 있을까?

"대운아, 이 할매 좀 봐라. 세상에……. 그렇게 생글생글 잘 웃던 아가 하나도 안 웃는다. 하이고야~ 이 일을 우짜면 좋노. 이 귀한 것을……. 저 흉악스러운 것이……. 고마 확 쥑이 뿔까!"

"아니야. 아니라고. 흐흐흑."

"저리 안 가나! 니는 앞으로 대운이 곁에는 올 생각도 마라!"

"대운아! 엄마한테 온나. 엄마 여깄다."

어머니가 두 팔 벌리며 어린 아들을 찾았다.

애절한 타임이다.

보통이라면.

아이는 엄마가 안아 주는 것만으로도 불안감의 상당량을 해소하며 위로받고 또 회복할 것이다.

하지만 난 불혹을 겪은 영혼.

앞으로 이 집안에 어떤 일이 벌어지는지 고스란히 다 봤고 이후 지겹도록 반복될 일도 다 알았다.

이대로는 죽도 밥도 안 됨을 너무 잘 알았다.

할머니를 봤다.

"할매."

"오야, 오야. 내 새끼."

"내 할매랑 살아도 되나?"

◇ ◆ · ◇

이 시절의 아버지들은 2020년의 시선으로는 절대 이해할 수 없었다.

돈만 따박따박 잘 벌어다 줘도 최고.

말 한마디에 가정의 대소사가 좌지우지됐다.

무소불위의 권세를 누리던…… 물론 성실하고 알차고 멋진 아버지들도 많았겠지만, 이상하게도 내 주변엔 바람 한 번 안 피는 양반이 없었고 도박만 안 하면 그런대로 양호하다 소리 들을 만큼 엉망이었다.

그런 측면에서 우리 아버지도 반건달에 속했다.

하고 싶은 건 다 하고 사는 남자.

수틀리면 밥상도 잘 뒤집고 손에 쥔 걸 지켜야 한다는 개념도 희박하고 성실과도 그리 친하지 않았다.

매일 술, 술, 술 또 술…….

"대운아~."

아버지는 과거 회상하기를 좋아했다.

80년대 초, 국가가 2차 오일쇼크로 허덕일 때도 우리 집은 하루 벌이로 웬만한 공무원 월급 이상을 가져갔고 한 달이면 작은 집 한 채 정도는 거뜬했다고 술만 먹으면 레퍼토리처럼 떠들었다.

대구시, 이때만 해도 직할시였던 곳은 외지에서 정착한 부부에게 기회의 땅이었노라고.

산양라면이 100원, 해피라면이 110원, 10원짜리 과자가 판칠 때 넌 하나에 1천 원짜리 바나나를 점심으로 때울 정도로 우리 집은 위세가 좋았다고.

젠장.

잘만 유지했어도 빌딩 몇 개는 가볍게 올렸을 재력을 아버지는 순전히 귀찮다는 이유 하나로 때려치우고 흥청망청 술이나 푸러 다녔다.

그때 난 저녁이 되면 아버지 찾으러 다니는 게 일이었다.

조그만 녀석이 다니지 않은 동네 술집이 없었고 볼 때마다 거나하게 취한 아버지를 만났다. 찾아온 어린 아들에게 술을 가득 따라 주는 아버지를 말이다.

이 당치도 않은 일들이 비일비재하게 일어난 시대라.

상식은 먼 곳에 있었고 누가 정한 건지 이상한 흐름에 사람들의 삶이 일방적으로 결정되던, 합리보다는 관습이 더 중요하고, 국가부터 개인까지 모두가 하나만 옳다 외치던 시절.

"빨리 온나."

기절한 일로 실망감은 있었지만 그렇다고 징징대고 싶진

않았다.

난 2020년을 본 남자다.

1980년대로는 감히 범접할 수 없는 압도적 지식을 가진 남자.

게다가 시대상이 알짜로 들어간 250화짜리 현대판타지 소설을 완결시킨 남자였다.

"대운아~ 어서 밥 무라."

"예."

지금은 비록 잘 지진 고등어조림을 정성스레 발라 밥 위에 올려 주는 할머니의 지극한 보살핌을 받는다지만.

"아이고, 잘 묵네. 내 새끼. 맛있나?"

"네, 맛있어요."

계속 이런 삶이 보장되지 않음을 알았다.

"우리 애기가 존댓말도 쓸 줄 아나? 옴마야~ 누구 새낀지 똑똑도 하기라. 대운아, 존댓말은 언제 배웠노?"

"원래 할 줄 알았어요. 영어도 할 줄 아는데요."

Yes, Okay, Thank you만 써도 오오~ 하던 시대.

이럴 때 My name is 대운. How are you? 같은 걸 날렸다간 우리 할머니 심장마비 걸릴지도 모른다.

"영어면 미국말?"

"할매를 미국말로 그랜드 마더라고 불러요. 책은 북, 음식은 푸드, 생선은 피쉬. 잘 알죠?"

"옴마야, 그런 걸 누가 가르쳐 주드노?"

33

"서점에 가면 다 있어요."

"서점에 갔다고? 책 보러? 니 혼자? 그걸 대운이 니가 혼자 다 배웠다고?"

"그럼 누가 영어를 가르쳐 줘요?"

"……그러네."

대구시 어딘가에 영어를 쓸 줄 아는 사람이 있을지 모르겠지만 적어도 우리 주위에는 없었다.

안 그래도 똑똑한 손주가 예뻐 죽겠던 할머니의 눈에 경악이 들어차기 시작했다.

의도한 바였다.

지난 며칠간 수많은 고민 끝에 생각해 낸 방법.

회귀물을 쓰는 작가치고 '내가 과거로 돌아간다면?'이란 생각을 안 해 본 이는 없을 것이다.

나도 그랬다.

돌아간다면 일을 어떻게 풀어 나가고 또 어떤 계획을 세울까?

이왕지사 제대로 폼나게 살아 보자!

개꿈을 자주 꾸었다.

재밌었으니까. 상상만도 즐겁고 슈퍼맨은 못 될지언정 달라질 건 충분히 많았으니까.

며칠간 고민도 이와 같았다.

나는 이전과 완벽하게 달라진 삶을 원했다.

목적은 오로지 그것뿐인데…….

'기가 막힌 건.'

막상 닥치니 스스로 할 수 있는 게 하나도 없다는 것이었다.

그저 삼시 세끼 차려 주는 밥이나 먹고 공상만 하는 게 전부.

건설적인 것이든 창조적인 것이든 하다못해 뻘짓이라도 손에 닿는 게 없었다. 그게 사람의 허파를 뒤집었다.

대통령도 헛꿈이 아니라 자신했는데.

그럴수록 이 일을 일으킨 유력한 용의자인 관장이 자꾸 떠올랐다. 그때 그 술자리에서 나눈 얘기도.

  - 솔직히 좀 부럽더라고요. 제가 쓰면서도 그런 인생 살고 싶었거든요.

  - 나라면 어땠을까 하고?

  - 그렇죠. 정보와 지식의 선점은 큰 힘이잖아요. 물론 오대 길이처럼 쭉쭉 솟는 건 원하지도 않아요. 개는 워낙 금수저였으니까. 그저 내 한 몸 하나 하기 싫은 건 안 하고 살아도 될 정도만 돼도 소원이 없겠어요. 곁가지로 쓸 만한 명함 몇 개 가지면 더 좋고요.

  - 이야~ 갈 수만 있다면 진짜 좋겠네. 인생을 리셋할 수 있으니.

  - 당연히 좋죠. 해 보고 싶은 것도 많고 놓친 것도 챙기고. 가질 수 있는 건 일단 다 땡겨야죠.

  - 근데 그게 다 가능하겠냐? 괜히 욕심만 사나운 거 아니

야? 은근 어렵던데.

　- 당연하죠. 줘도 못 먹으면 그게 인간이에요? 등신이지.

　은근 어렵다고?

　정말 그 양반 때문인가.

　편지엔 대체 뭘 적어 놓은 거지?

　이리저리 머리 굴려도 나오는 건 하나도 없었다.

　하루하루 허송세월만 하고 이뤄진 건 없는데 욕심만 사나워지고.

　결국 제 밥그릇은 자기가 챙겨야 한다는 것만 확실하게 깨달았다.

　상황을 변화시키려면 내가 먼저 변해야 한다는 것.

　나를 알리고 내 이름에 힘을 불어넣는 방법만이 이 상황을 타개할 유일한 해결책임을 직시했다.

　딱 까고 말해.

　서슬 퍼런 5공 시대에 떨어진 일곱 살짜리 어린 애가 뭘 할 수 있을까?

　유치원? 공놀이? 다방구?

　2020년이라면 유튜버라도 하지. 지금은 다사다난한 1983년의 어느 봄날이었다.

Chapter 2

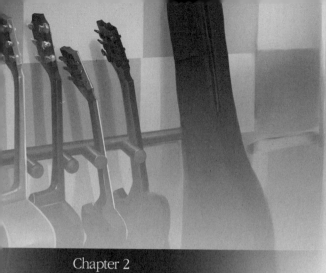

Chapter 2

[로널드 레이건 미국 대통령이 소련을 악의 제국으로 지정했습니다. 이에 따라 소련은 즉각 성명을 발표하며…….

다음 뉴스는 서울특별시 천호동 OOO카바레 화장실에서 종업원인 박모 씨가 숨져 있는 걸 같은 업소에 종사하는 종업원이 발견해 신고하였습니다. 경찰은 주변에 있던 요구르트병에 독극물이 담겨…….]

"세상이 우째 돌아가려고 흉악한 일들만 일어나노. 우리 대운이 불안하게. 쯧쯧쯧."

할머니의 혀 차는 소리가 BGM으로 느껴질 만큼 1983년은 사건·사고가 많은 해였다.

언론은 금방이라도 소련과 제3차 세계대전이 일어나는 게 아닌지 사회 불안을 조장하였고 마침 미그기 타고 넘어온 이웅평 상위 때문에 북한은 또 한바탕 서울을 불바다로 만들어 버린다고 위협해 댔다. 언론은 옳다구나 북한 방송을 같이 틀어 주며 국민을 불안케 하였다.

세계사적으로도 꽤 위험한 해이기도 했다. 거대한 전쟁의 서막일 수도 있다는 논쟁이 일었고 실제로 뒤숭숭했으니까.

하지만 나는 그런 것에 신경 쓸 겨를이 없었다.

그럴 나이도 아니었고 아무 일도 일어나지 않는 걸 잘 알았다.

눈 가리고 아웅 하는 정치권이 가소로울 뿐.

"아이고, 저거 보지 말고 우리 밥 묵자."

또 무엇을 꾸미느라 국민의 눈을 가리려 할까?

이슈는 더 큰 이슈로 막는다고 했던가?

저런 식의 언론플레이는 지난 삶을 통해서도 수도 없이 봤다.

"잘 먹겠습니다."

그러든 말든 난 아침에 일어나자마자 세숫대야에 물 받아 얼굴을 씻어야 했고 또 할머니가 챙겨 둔 새 옷을 입고 차려 놓은 따뜻한 밥상을 맞이해야 했다.

일상의 시간을 누리며 도대체 어떻게 해야 새로운 인생을 꽃피울 수 있을까 고민하기 바빴다.

"우리 대운이는 커서 뭐가 될꼬?"

"……."

커서 뭐가 되냐면…….

애정 듬뿍 담긴 눈길에 보답하기 위해서라도 이 정도는 금방 대답할 수 있었다. '예, 이렇게 살다가 대충 대학 졸업하고 직장생활 10년, 글쟁이로 몇 년 살다가 회귀해요.'

이것도 나쁘진 않았다.

초년 운이 극악이 아니라면.

'지난 내 삶은 대체 무엇으로 귀결될까?'

거창하게 니체, 칸트, 헤겔과 같이 인간 본연의 무언가를 논하는 건 바라지도 않는다.

신나게 달려 본 기억이 없었고 그렇다고 무언가 제대로 즐겨 본 적도 없는 것 같다. 소설가로서도 애매하고…….

별것 없는 밍숭맹숭한 인생인가?

가차 없이 평가 절하해 봤지만.

또 변명이 스믈스믈 올라온다.

딱히 뭔가 하고픈 것이 없었으니까.

'어려서부터 강제로 욕망을 거세당한 인생.'

꿈 많은 10대 때도, 왕성한 20대 때도, 탑을 쌓는 30대 때도 아무것도 하고 싶은 게 없었다. 그냥 남들 따라간 게 전부.

겨우 40줄을 맞이해서야 글줄이라도 써 볼까 꿈지럭대던 놈이니까 대여섯 살부터 반짝거리는 영재들이랑은 천지 차이이지 않겠나.

"아이코, 우리 예쁜 것이 청소도 다 해 놨나? 이 일을 우짜 믄 좋노. 할매 너무 좋아 죽겠다."

"할매가 좋으면 저도 좋아요."

이런 나라도 할머니는 좋아서 어쩔 줄을 몰라 했다.

나를 자랑스러워했고 나와 있는 것만도 행복해했다.

코 찔찔, 때가 덕지덕지 찌든 아이들이 골목마다 한가득 몰 려다니며 말썽을 부릴 때라. 다 같이 못 살아서 도리어 차별 이 없던 때인데.

그런 애들 사이에서 나는 군계일학.

언제나 말끔했고 길바닥에 엎어져 뭐 사 달라 떼쓰지도 않 았고 반찬 투정도 없고 존댓말을 쓰는 데다 할머니가 장사 나 갈 때마다 매번 이렇게 집 청소도 해 놓는다.

일곱 살짜리 꼬마의 의젓함이 아니었다. 존귀한 대학교수 님들이나 쓴다던 영어도 할 줄 알고.

이런 식으로 지난 한 달간 할머니의 마음을 불 앞에 매달아 놓은 마시멜로처럼 녹여 놨다. 절대로 품에서 못 놓게.

"내 새끼. 어디에서 이런 게 나타나 내 품에 왔을꼬~ 대운 아, 어디 한 번 말해 보꾸나. 이 할매가 뭐든지 다 해 주께. 암, 이 할매가 대운이 원하는 건 다 해 줄 끼다. 말해 보거라."

"소원이요?"

"웅."

"별로 원하는 거 없어요."

"에이~ 괜찮다. 할매한테는 다 말해도 된다. 다 해 줄게. 장난감 사 줄⋯⋯."

"난 할매만 있으면 돼요."

"응? 할매만?"

"네, 장난감도 필요 없고요. 할매만 있으면 돼요."

심쿵.

"그 말이⋯⋯ 정말이가?"

"그럼요. 난 이 세상에서 할매가 제일 좋아요."

"하이고야~ 할매가 그리 좋더나? 이 할매가 대운이한테는 최고가?"

"하늘만큼 땅만큼 최고예요."

두 팔을 있는 힘껏 크게 둘렀다.

"하늘만큼 땅만큼? 하하하하하하하하~."

할머니가 자지러졌다.

미리 말하지만 립서비스가 아니었다. 할머니라는 우산이 필요한 절실한 시점이 아니더라도 말할 수 있는 진심. 그 절실한 시점이 부모라는 게 아이러니지만.

어쨌든 양친이 번듯하게 살아 있는 이상 난 언젠간 집으로 돌아가야 할 운명이었다.

그리고 다시 집으로 돌아간다는 건 또 그 생활을 반복해야 한다는 것이고 불혹의 영혼이 탑재된 일곱 살이 견딜 만한 건 결코 아니었다.

틀림없이 문제가 일어날 테고 결국 그 끝은 파탄일 테니.

가뜩이나 우리 집은 아버지가 무능한 반건달이고 어머니는 어디에서든 돈 잘 버는 능력자였다.

70, 80년대 보통의 가정 정서로는 용납 안 되는 밸런스.

그러니까 이게 왜 문제냐면.

능력 있는 사람은 오래 참는 법이 없다.

똑같이.

배부른 건달도 변하지 않는다.

그렇지 않아도 어린 장대운의 인생을 송두리째 진창으로 처박아 버릴 결정이 3년 이내 떨어질 판인데 굳이 나까지 가세해 한 손 거들 필요가 있을까?

떨어져 있는 게 서로에게 좋았다. 되도록 오래.

물론 내 고민은 그뿐이 아니었다.

대체 뭘 할까?

흔한 회귀물처럼 재벌이 돼 볼까?

아님, 이참에 국뽕 한 대 제대로 맞고 세계 정복이나 해 볼까?

솔직히 다 시큰둥했다.

돈은 쪼금 좋아하는 것 같긴 한데…… 사십 줄에나 겨우 글 좀 쓰겠다 덤빈 놈이 돌아온다고 한들 열렬히 하고 싶은 게 생긴다는 게 더 우습긴 하지만.

이대로도 곤란했다.

특단의 조치가 필요한 참이다.

"할매는 무엇을 하고 싶어요?"

"내?"

"할매도 하고 싶은 게 있을 거 아니에요?"

"내? 내는……."

잠시 생각에 잠기는 할머니였다.

쪽 찐 머리에 장사 앞치마를 1년 365일 착용하고 다니시는 분이지만 이래 봬도 우리 할머니는 파마가 처음으로 우리나라에 도입됐을 때 제일 먼저 시도한 신식여성이었다.

그때 집안이 뒤집히고 난리가 났다고 하던데……

"내는 우리 대운이 잘 기르는 게 꿈이지. 그거믄 된다."

"에이, 그거 말고요."

"없다. 할매는 그기 소원이다."

"어! 안 되는데. 나는 할매랑 하고 싶은 게 많은데요?"

"내캉? 할매랑 하고픈 게 있어? 우리 대운이가? 뭔데?"

"맛있는 거 같이 먹고 같이 놀러도 다니고 좋은 곳에서 같이 살고…… 다 하고 싶죠."

"맛있는 거 같이 묵고? 정말이가? 이 할매랑 그리 살고 싶나?"

할머니의 눈시울이 붉어졌다.

저 기구한 인생을 내가 어찌 다 헤아릴까마는 일찍이 상부한 할머니는 홀로 2남 2녀를 키우셨다.

어째어째 다 키워 놓긴 했는데.

키워 놨으면 이놈들이 잘 좀 살 것이지 하나같이 다 말썽쟁

45

이다.

맏아들은 소식이 끊긴 지 오래, 애지중지 키운 첫째 손주들도 놀자판이라 제대로 된 놈이 없고, 첫째 딸 부부는 오십 되자마자 몹쓸 병에 걸려 차례로 죽는다. 그 손주들도 몹쓸 병에 절반이 죽어 나간다.

둘째 딸인 우리 집은 산산조각 났고 막내아들 하나가 남았는데.

그 양반은 필리핀으로 날아가 버린다.

할머니는 허리가 꼬부라질 때까지 평생 혼자 사시다가 돌아가시기 직전, 1년간 우리 집에 살았다.

그러곤 막내아들이 있는 필리핀으로 가 반 년 정도 살다 돌아가셨다. 당신이 죽으면 상 치르느라 우리 어머니 힘들다고. 내가 직장 다니느라 정신없을 때 알리지도 않고 이역만리까지 가셨다.

그 관을 필리핀에서 내가 직접 받았다.

필리핀식 꽃 관에 누워 계신 걸 내가 가서 봤다. 눈 감은 그 얼굴을.

자식새끼, 흔한 손주 새끼들까지 자기 앞가림하느라 누구 하나 들여다보지 않은 외로운 인생.

참으로 박복한 인생이라.

내가 아무리 인생의 모토가 쿨하게와 징징대지 말자라지만 그 꼴을 보고.

"어떻게 할매를 혼자 둬요?"

"대운아……."

"걱정 마세요. 앞으로 할매는 내가 지킬게요."

"할매를 지키겠다고? 니가? 우리 대운이가? ……하이고, 우야믄 좋노. 내 새끼. 대운아~ 으허어어엉."

울먹이시더니 결국 목 놓아 우셨다.

어릴 적 장대운은 할머니는 울지 않는 줄 알았다. 참으로 무참한 판단력이다.

이렇게 여리신데.

이렇게 아픈데.

정말 한참을 우셨다.

속 안에 든 찌꺼기를 모두 게워 내듯 아무것도 안 하고 울기만 하셨다.

조금 더 일찍 알아주지 않았다는 게 이렇게 후회될 줄은 몰랐다.

어른이 된 장대운도 눈앞 이렇게 잘 우는 양반을 잃고서야 비로소 이 손에 100원짜리 요구르트를 쥐어 줄 사람을 잃었다는 걸 깨달았으니까.

무엇을 어떻게 할 새도 없이 영영 잃어버린 거였다.

나도 그때 펑펑 울었다. 어릴 적 소중한 추억이 더 이상 현재 진행형이 될 수 없다는 것이 어쩌나 서러웠던지.

맞다. 나는 시대적으로 그리는 아버지와 어머니상을 누리지는 못했다.

사실 그도 상관없었다. 80년대 매 한 번 안 맞고 큰 사람이 없을 테고 몇 대 처맞다가 기절한 거로 징징거릴 생각은 더더욱 없었다.

다만.

앞으로 계속 내리막을 꽂을 인생은 좀 곤란했다.

두 사람은 갈라서고 애는 친척 집을 전전하다 학대당하고 생활 보호 대상자로서 학기 때마다 반 아이들 앞에서 손들어야 할 것이다.

이대로 둔다면 100% 빼박.

회귀까지 했는데.

과거의 반복을 또 할까.

난 그렇게 놔둘 생각이 없었다. 어쩌면 켜켜이 쌓인 가슴속 멍울만 다 해소해도 이 삶은 성공적일지도 모르겠다.

그걸 위해서라면.

정신머리 없는(나보다 어린) 부모를 채찍질해서라도 비극은 최소한으로 줄여야 했다. 어리석은 거로 모자라 갈수록 어리석어져 주변인들에게 비참함을 퍼붓는 내 부모의 광증을 막기 위해서라도 난 모든 수단을 다 강구할 것이다.

그래서 일단은 내가 바로 서야 했다.

이 일은 우긴다고 될 일이 아니니 반드시 작업이 필요했다.

지난 한 달 내내 한 일이 바로 할머니의 마음을 빼앗는 것과 주변에 내 이름을 알리는 것이라.

명성을 높이자.

내 이름을 알리자.

핵심은 내가 단지 평범한 일곱 살이 아니라는 것을 주변이 인식하게 하는 것이었다. 방법론으로는 공부가 최고.

가령 동네 흔한 일곱 살짜리가 6학년도 끙끙 앓는 산수 문제를 풀어 준다든가. 고등학교 영어 교재를 손쉽게 읽는다든가.

이런 식으로 코 찔찔 흘리며 몰려다니는 아이들과는 차원이 다른 명석함을 보여 준다면?

그렇지 않아도 범상찮은 아이가 어른들마저 기함하게 하는 지식력으로 뺨을 때린다면?

그렇게 말 많은 아주머니들의 심장을 가격한다면?

어떤 일이 벌어질까?

그들이 나를 뭐라 부를까?

너무 기대되었다.

다 같이 못 살아 도리어 행복지수가 높았던 시절.

단칸방에 옹기종기 붙어 있어도 만족할 줄 알았고 가족끼리 친밀도는 오히려 더 높았다.

TV 속 부잣집 사장님 얘기도 머나먼 나라의 동화였고 일이 생기면 우르르 달려와 도와줄 줄 알던……. 비록 각자의 사정이 다 드러나는 바람에 창피한 건 있었어도 이 또한 서로가 비슷하기에 그러려니 하던 시절이었다.

"요새 자식새끼들 때문에 미치겠습니더."

"또 와? 누가 사고 쳤나?"

"그건 아니고……."

그러나 활기만큼은 2000년대가 무색할 정도로 넘쳤다.

새마을 운동의 여파가 뿌리 깊게 각인된 세대라.

열심히만 하면 잘 살 수 있다는 희망이 있었고 은행 이율도 저축으로 미래를 꿈꿀 만큼 뒷받침해 줬다.

내 아이만큼은 조금 더 나은 삶을 살 게 해 줄 거란 열망에 부모들은 서슴없이 자기 인생을 희생했고 그걸 또 자랑스러워했다.

하지만 이 모든 게 다 허망한 짓임을 난 알고 있었다.

곧 헬조선이 도래할 것이다.

기성세대는 손에 쥔 것을 놓치지 않기 위해 악착같아지고 청년세대는 암흑의 진로를 뚫기 위해 선배고 뭐고 일단 제쳐야 했다.

소수를 위해 대다수가 희생해야 하는……. 아비규환의 시대가, 계급의 시대가, 현대판 조선 시대가 도래함을 난 알았다.

"그 쉐끼가 돌띠도 아니고, 속 터져가 남들한테는 말도 못하고."

"뭔데? 뭔데 그리 가슴을 치는데?"

그리고 그것을 막을 수 없다는 것을, 단물은 이제 십수 년 남았다는 것도 잘 알았다.

골목에서 아이들의 웃음소리가 사라지고, 추상같은 아버지의 권위가 무너지고, 끼리끼리 급을 나누기 시작하는 것도, 공동체가 무너지는 것도, 입시지옥이 생기는 것도, 유리 천장에 허덕이는 것도, 찌질한 '소확행'에 매달리게 되는 것도……

이 모든 게 얼마 남지 않았음을 나는 잘 알았다. 이미 카운트다운이 시작된 것도 말이다.

"언니, 진짜 몰라요?"

"뭐가? 빨리 속 시원하게 말 몬 하나?"

골목 한편에 놓인 평상에 앉아 마늘을 까던 땡땡이 원피스 아주머니가 들고 있던 마늘을 던져 버리자 파마머리의 아주머니도 더는 못 참겠는지 미간을 찌푸렸다.

"아, 저기, 저기 있잖아요."

"저기 어데?"

손가락이 가리키는 방향으로 고개를 돌린다.

"저기 아랫집 할매네에 아가 하나 있잖아요. 대운이라고."

"아아, 갸? 멀끔하게 잘 다니는 아?"

"예."

"알쥐. 가가 그렇게 똑똑하다매? 안 그래도 하고 다니는 것부터 의젓하고 생긴 것도 예쁘장하니 남다르다 카더라."

"하이고마, 그 정도가 아입니더. 말도 마이소. 내사마 보다 식겁했다 아입니꺼."

"으응? 식겁했다고?"

눈을 동그랗게 뜨는 파마머리에 땡땡이 원피스가 또 자기 가슴을 쳤다.

"왜 아잉교. 영진이 그 쉐끼가 쩔쩔매는 걸 슥 보더니 바로 풀어 버리는데. 하아……. 뭐 저런 게 있나 싶다 캤다고요."

"영진이면 느그 맏이 아이가. 이번에 고등학교에 들어갔다 캤잖아."

"그러니까 기가 차지요. 아직 국민학교도 들어가지 않은 아가 고등학교 수학 문제를 척척 풀어 재끼고 희야(형)한테 막 가르쳐 주고. 하아……. 내가 지금 뭘 보고 있나 두 눈을 의심했다니까요."

"뭐라고?! 그 쪼매난 아가 고등학교 문제를 푼다고?"

"놀랠 노자라니까예. 이런 아가 진짜 세상에 있구나. 내는 그런 아는 TV에서만 나오는 줄 알았는데."

"옴마야~ 그게 정말이야? 가가 정말 그렇나?"

"영진이 쉐끼, 뒤통수를 보는데 터래기(털)를 싹 다 뽑아 뿌고 싶었다 아입니까? 그거 가르치느라 돈을 얼마나 쑤셔 박았는데. 그런 걸 내가 여태 죽자 사자 가르쳤나 싶기도 고, 하여튼 어제 두 손 두 발 다 들었심더. 내가 그걸 본 뒤로 고마 잠도 안 오고 미칠 것 같습니더. 그 쉐끼 하나 믿고 이리 살고 있는데…….”

“마마, 그만해라. 가가 무슨 잘못이고. 앞으로 열심히 공부하면 된다 아이가.”

축 처지는 땡땡이 원피스를 파마머리가 달래고 있는데.

옆구리에 큰 가방을 멘 남자가 평상 옆을 지나다가 발을 멈추고 두 사람을 쳐다봤다.

‘지금 뭐라고?’

배달 나온 김에 학습지 영업이나 하려던 조형만으로서는 너무나 깜짝 놀랄 소식이었다.

얘기인즉슨 이 동네 어딘가에 신동이 있고 그 신동 때문에 저 땡땡이 원피스가 자괴감이 들었다는 것.

‘이게 진짜라면?’

가슴이 뛰었다.

빽도 절도 없는 놈이라지만 오로지 하나, 학습지 시장의 가능성을 꿰뚫고 지금 이 자리에 투신하였다.

대한민국에서 교육이란 절대 놓을 수 없는 가치였고 ‘일일학습’이야말로 그 가치에 어울리는 파트너라 확신했기에 하루하루가 고되어도 버텨 냈다.

지금은 미약하지만.

언젠가 대구 전체를 관할하는 지부장이 되어 호령할 날을 고대하면서 말이다.

신동이 있다면,

그 신동을 자신이 발탁한다면,

지부장으로 가는 길이 훨씬 단축될 것이다.

"……."

하지만 경거망동은 안 된다.

침착해야 했다.

아직 무엇도 검증되지 않았다. 되도록 걸러 들어야 할 테고 만일 진짜 신동이라도 티 내선 곤란하였다. 날파리들이 끼는 순간 죽도 밥도 안 될 테니.

그래도 두 주먹을 꽉.

아찔했다.

학습지와 신동.

이 둘의 상관관계는 무조건 학습지에 유리하였다.

'정보가 더 필요해.'

마음을 가다듬고 조심스레 아주머니들에게 다가갔다. 어차피 저 땡땡이 원피스는 회원이라 핑계도 좋았다.

"저, 영도 어머니."

"어! 옴마야. 일일학습 선생님 아입니꺼."

다행히 반가워한다.

"예, 영도는 공부 잘하고 있지예?"

"예예~ 잘합니더."

"하하하, 영도가 똘똘해가지고 잘 할깁니더. 자, 이번 주 것도 받으셔야지예."

큰 가방에서 학습지 하나를 꺼내 아주머니에게 넘기며 넌지시 아까 들은 얘기를 꺼냈다.

"근데 지나다 말이 들려서 그러는데. 이 동네에 되게 똑똑한 아가 있다고예?"

"일일학습 선생님도 들었습니꺼? 하아……. 갸는 말도 마이소. 내는 평생 그런 아는 처음 봅니더."

"아가 그렇게 똑똑합니꺼? 얼마나 똑똑하길래 영도 어머니가 다 놀랍니꺼? 영진이도 영도도 다 공부 잘한다 아입니까?"

"솔직히 내 새끼지만 비교도 안 됩니더. 일곱 살짜리가 고등학생을 가르친다 아입니꺼. 갸는 진짜 신동입니더."

"잠깐만요. 잠깐만요. 일곱 살짜리가 고등학생을 가르쳐요? ……에이, 공갈치는 거 아입니꺼? 어떻게 일곱 살짜리 아가 고등학생을 가르쳐요?"

"옴마야, 와 이라노. 참말입니더. 우리 동네에서도 이미 유명합니더. 모르는 사람이 없어예."

"……진짜입니까?"

"네, 직접 보시면 되지예. 일일학습 선생님도 까무러칠 겁니더."

"진짜요? 그라믄 갸는 어디 삽니꺼? 한 번 보고 가입시더."

"그래요? 저 아래께 사는데……. 응?"

내려가는 골목 한 귀퉁이를 땡땡이 원피스가 어슴푸레 가리키는데.

마침 아이 하나가 돌아 나오는 중이었다.

그 아이를 보곤 다급히 손가락을 뻗었다.

"어, 저기 마침 오네예. 쟈가 갸 아입니꺼. 대운이. 우리 칠성동의 신동."

"쟈가 가라고예?"

조형만의 눈빛이 매의 그것으로 변했다.

노래를 부르는지 혼자서 중얼거리며 걸어오는 아이.

아이는 혼자 생각에 빠져 걷기 바빴다.

그 아이가 나였다.

아침부터 서점에 갔다가 이제야 돌아온 거다.

"흐음, 돈 버는 건 문제가 없는데…… 당연히 그렇겠지. 앞으로 40년이 어떻게 흘러가는지 아는데 돈 때문에 쪼들리면 그게 더 웃긴 거 아냐."

멍청한 건 약도 없다.

흙수저 태생이라지만 회귀까지 한 주제에 최선을 뽑아내지 못한다면 차라리 인당수에 몸을 던지는 게 현명할 것이다.

그 정도의 자신감은 나도 있었다.

"결국 초점은 무엇을 하고 사는 게 아니라 어떤 삶을 사느냐인 것 같은데."

인생의 모토를 세우자는 것.

이런 사람이 되어 이런 식으로 살아 보겠다는 방향성을 세우겠다는 것이다.

물론 이 고민도 오래 걸릴 종류는 아니었다.

돌아왔다고 사람이 달라지는 게 아니다 보니 거기에서 거기일 테고 또 지난 생, 사무치도록 지지고 볶으며 깨달은 것들을 버릴 생각은 전혀 없었다.

"쿨하게 살자. 징징대지 말고. 그래서 대체 무엇으로 돈을 벌까? ……소설을 계속 써야 하나?"

장르 소설을 써 온 만큼 이쪽 계보는 손바닥이었다.

한국형 판타지의 길을 연 '드래곤 레자'도 그렇고 초대박을 터트린 '묵홍'도 있고 '달빛조각삼'에 초초초대박인 '전지적 평론가 시점' 같은 것들만 후려쳐도 일생에 돈 걱정은 없을 것이다.

"그러려면 일단 이름부터 알려야겠는데. 신춘문예부터 당선돼 볼까? 천재 작가 출현 정도면 출판사도 어리다고 얕보진 않겠지."

"야야."

누가 불렀다.

"으응?"

"니가 대운이가?"

웬 아저씨가 다가왔다.

"네, 맞는데요. 누구세요?"

"니가 대운이구나. 반갑다야."

다가오더니 쪼그려 앉아 눈을 맞춘다.

그러나 80년대는 인신매매가 횡행하던 시기였다.

57

모르는 사람이 말 걸면 피하는 게 상책.

"아저씨는 누구신데요?"

"나는 학습지 선생님인데. 니 일일학습 알제?"

가방을 열어 잔뜩 쌓인 학습지를 보여 줬다.

한때 대한민국 거의 모든 어린이의 기초를 잡아 주던 학습지였다.

나도 몇 달 정도 해 봤다.

"아아~ 네."

설마 어린 애에게 학습지 영업을 하려고?

"니가 그렇게 똑똑하다매."

"예?"

"내캉 시험 함 보면 안 되겠나?"

갑자기 웬?

"동네에서 유명하대. 똑똑하다고. 이 동네서 니만큼 똑똑한 아가 없다 카더라. 맞나?"

"아아~."

소문을 들은 모양이었다.

평상에 동네 아주머니 둘이 있는 걸 보니 발원지는 아마도 저들일 테고.

그나저나 이 아저씨 너무 돌직구였다.

다짜고짜 와서 시험 보자니.

이런 게 또 80년대의 투박한 정취일까.

이때는 지나가던 할매가 애들 고추를 만져도 웃던 시대였으니.

그건 그거고.

"근데 왜요?"

"그야 당연히……."

눈알을 심하게 굴린다.

설득하고 싶은 모양이다. 왠지 절박한 느낌도 섞여 있다.

왜 저럴까?

조금만 뛰어나도 신동 소리가 나오는 건 2020년대에도 다를 바 없듯 동네 아주머니들 수다 정도는 피식 웃고 지나가도 무방할 일이었다.

설사 무슨 중차대한 일이 있다 하더라도.

난 쉬운 남자는 되고 싶지 않았다.

"저기 그러니까……."

"싫어요."

"응?"

"싫어요. 귀찮고요. 가도 되죠?"

몸을 돌렸다.

잡는다.

"과자 사 주께. 점빵 가서 니가 사 달라는 거 다 사 줄게. 뽑기도 하고. 그러니까 시험 한 번만 보자."

어이가 없어서.

곧 천재 작가로 등단할 작가한테.

"……."

근데 뽑기라?

살짝 동하긴 했다. 국자에 살살 녹여 소다를 살짝 뿌리면 빵처럼 부풀어 오르는 단맛의 자태.

불혹의 영혼이라도 이길 수 없었다.

어디 보자.

사카린 당으로 만든 게 10원이고 설탕은 20원이다. 안 그래도 골목 코찔찔이들이 뽑기 앞에 옹기종기 모여 있었다. 부스러기라도 얻어먹으려고.

이때는 10원이면 열 개 주는 과자도 있었고 5원짜리 1원짜리 동전도 유효하게 돌아다녔다.

어떻게 이 몸 한번 희생해서 판 벌여 줘?

애들 싹 불러서 뽑기 파티 좀 해 줘? 아주 깜짝 놀라게?

하지만 계산해 보니 그래 봤자 천 원이면 땡쳤다.

천 원이라니.

이 아저씨가 감히 누구 앞에서 약을 팔아.

"싫어요. 쫓아오지 마세요."

매몰차게 돌아섰지만, 진심인지 학습지 아저씨는 다음 날 우리 집까지 찾아와 바쿠스 한 박스로 할머니와의 독대 자격을 얻어 냈다.

뭘 좀 아는 양반이었다.

"할매요. 대운이 시험 한 번만 보입시다."

"예? 시험이요?"

"할매도 아가 똘똘한 거 알지요? 동네에 소문이 다 났심더. 다 듣고 왔고예. 이번에 제대로 시험 봐서 검증 한 번 치지요. 잘 되면 우리 회사에서 장학금도 줄 수 있다 아입니꺼."

큰소리 뻥뻥.

"장학금이요?"

기세에 눌린 할머니가 더는 버티지 못하고 나를 불렀다.

그 눈을 보는 순간 나는 위험을 직감했다.

더 놔뒀다간 바쿠스 한 박스에 시험을 보겠구나.

나도 소싯적 학습지 영업을 해 봐서 알았다. 이런 식으로 자녀의 미래를 두고 파고들면 부모는 답이 없었다. 빗장을 여는 수밖에.

그리고 이 시대는 이런 종류에 아직 면역력이 없었다.

"아저씨, 지금 장학금 말씀하신 거예요?"

"그래."

"구체적으로 얼마요?"

"으응?"

"얼마냐고요."

"그게…….."

눈알 굴리는 품새가 말부터 던진 모양.

"뭐야? 정해 놓은 것도 없잖아요. 테스트하자는 건 알겠는

61

데 막 지르시면 곤란하죠. 딱 보니까 테스트 신뢰도도 거의 없는 것 같은데."

"아니, 그게……."

"돌아가세요. 분란 일으키지 마시고요."

축객령을 내렸으나 돌아온 건 어이없는 질문이었다.

"근데 테스트가 뭐꼬?"

"테스트…… 하아, 시험이요. 시험. 영어로 T,e,s,t 테스트. 간 보는 거죠. 지금 아저씨가 하려는 것이요."

"아아, 그게 테스트가? 우와~ 니 진짜 대단하다. 할매요. 우찌 이런 손자를 낳았는교."

"그기야 뭐……. 호호호호."

할머니가 흡족하게 웃는다.

그 틈을 타 또 파고드는 조형만이었다.

"보소. 할매요. 잘 생각해 보이소. 아가 이럽니다. 아를 이래 놔둬서 되겠습니꺼? 잘 키워야 하지 않겠습니꺼?"

"그기 맞긴 한데……."

또 흔들린다. 할머니의 줏대가 한여름 엿가락처럼 녹아 버리고 있었다.

나섰다.

"그러니까요. 장학금이 얼마냐고요. 테스트 통과하면요."

조형만의 눈이 매서워진 건 그때였다.

노려보는 건 아니었다.

마치 승부처를 발견한 스포츠맨 같은 눈빛이었다.

"뭐. 좋다. 내 이렇게 된 거 탁 터놓고 말할게. 난 니가 신동이었으면 좋겠다."

"……."

"어설픈 수재가 말고 진짜 신동. 알았나?"

"그러니까 왜요?"

"그기…… 마 좋다. 다 말할게. 내 학습지 한다 아이가. 학습지와 신동. 딱 대니까 딱 안 나오나!"

"오호라, 내가 신동이면 한번 편승해 보시려고요?"

"맞다. 그래서 시험…… 그 테스트인가 뭔가가 필요하다 안 카나. 확신이 필요하다."

목적 자체는 분명했다.

이렇게까지 하는 이유도 알겠고.

"이거 누가 더 알아요?"

"내만 안다."

"본사도 모르고요?"

"맞다."

"신동이 맞다면 아저씨 업적으로 삼고 싶고요?"

"그것도 맞다."

"그럼 장학금도 아저씨 주머니에서 나오겠네요."

"맞다."

내가 고민하는 척하자 긴장한 듯 혀로 입술을 적시는 조형만이었다.

"좋아요. 장학금부터 주세요."

"응?"

"나중에 딴소리하면 안 되잖아요. 제가 신동이 아닐 수도 있고 아저씨 성에 안 찰 수도 있잖아요. 저는 괜히 시간 낭비하기 싫어요."

"시간 낭비라…… 좋다. 먼저 얼마 주까?"

"10만 원이요."

"뭐?!"

입을 떡 벌린다.

참고로 이때는 공무원 7급 4호봉이 10만 원 받았다. 2020년으로 치면 거의 200만 원 수준.

◇　◆　◇

조형만이 집으로 찾아오기 전에 나도 내 나름대로 생각이 많았다.

지금부터 내리막을 긋고 3년 뒤부터는 아예 개막장을 찍을 가족사를 상대로 과연 천재 작가 정도로 버텨 낼 수 있을까?

근원적인 의문이었다.

이 시대는 어린이의 권리, 인격, 가능성 같은 건 1도 고려하지 않는 암흑기였다. 부모도 하필 내 얼굴과 내 눈은 보지 않고 당신들 마음대로 앞날을 마구 정해 버리는 사람들이었고 그것도 모자라 딴 놈에게 맡겨 버리는 만행을 저지른다.

그 인간의 손에서 난 밑바닥이 무엇인지 처절히 경험해야 했다.

비록 불혹의 정신을 장착했다 한들 이런 악의 연대기 속에서 얼마나 버텨 낼 수 있을까?

아무리 쿨하고 징징대지 말자가 내 모토라고 해도 부모에게 쌍욕이 튀어나갈지도 모른다.

"젠장."

그러니까 그러기 전에 말이다.

이왕이면 좋게 갔으면 좋겠는데.

결국 파탄이 난다면,

천재 작가란 타이틀은 방패로 쓰기엔 다소 모자란 감이 있었다. 갑자기 헤밍웨이가 되지 않는 이상 작가란 위상은 단지 그 정도일 뿐이고 나에겐 그보다 더 극적이고 사회의 이목을 끌 무언가가 필요했다.

즉 학습지 영업에 불과한 조형만에게 거는 기대도 당연히 그러했다.

최하.

미션 난이도가 A급에서 SSS급으로 상승해 버린 탓에 내 속은 복잡하기 그지없었고 그는 나에게 눈앞에서 왱왱대는 날파리 이상도 이하도 아니었다.

"시, 십만 원이라꼬?!"

"대운아!"

두 쌍의 눈이 기겁하여 날 쳐다봤다.

당혹, 분노, 황당, 괘씸이 초당 몇 번씩 번갈아 가며 나타났지만 괜찮다.

나는 전혀 흔들리지 않았다.

"왜요? 왜 놀라시죠? 그 정도도 안 돼요?"

"뭐라꼬? 이게 아주…… 예쁘다 예쁘다 카니까 머리 꼭대기에 오르라고 카네. 니 십만 원이 얼마나 큰돈인 줄 아나?!"

목소리가 높아졌다. 사정사정할 때와는 다른 어른의 권위도 툭 튀어나왔다.

방금까지 허리 굽혀 부탁하던 주제에.

아직 애송이구나.

"그게 커요? 일생을 건 투자 얘긴데. 그 정도 투자도 못 하면서 무슨 야심을 부린 거예요? 겨우 십만 원에 쪼그라들어서는."

"뭐, 뭐라꼬? 하아……. 뭐 이런 게 다 있노."

부들부들

당장에라도 일어날 기세였다.

얼른 일어나라고 도와줬다.

"하기 싫으시면 가세요. 저도 싫다는 사람 붙잡고 싶지 않아요. 얘기 끝났죠? 안녕히 가세요."

"오야. 이게 사람을 뭐로 보고. 어이, 니도 아가 아 다워야지. 그러는 거 아니다. 알았나?!"

"예예, 잘 가세요. 가시다 수챗구녕에 빠지지 마시고요."

"시끄럽다. 할매, 그만 갑니더."

"아이고, 잘 가이소. 미안합니더."

화가 나 달리듯 나가는 조형만을 보고 할머니가 내 손을 잡았다.

아까운 기색이 역력했다.

아무래도 장학금이 마음에 걸린 모양.

나오는 말도 역시 그랬다.

"십만 원이 뭐꼬. 그게 얼마나 큰돈인 줄 아나? 그냥 어른이 주면 고맙습니다 카믄 되지. 이 녀석아."

"그럴 걸 그랬나요?"

"하모. 아깝다. 우리 손주 시험 보는 건데."

"헤헤헤, 전 괜찮아요."

"할매는 안 괜찮은데?"

"어중이떠중이는 싫어서 그랬어요. 괜히 찔러보는 것만큼 화나고 허무한 건 없잖아요. 있지도 않은 장학금 얘기도 그렇고요."

"글킨 그러네. 장학금 얼마냐고 할 때 대답도 못 하고. 저 사람이 사기꾼이가?"

"일일학습 선생님은 맞아요. 하지만 저도 오는 사람마다

67

이것저것 다 해 줄 순 없잖아요. 소문나면 너도나도 달려와 이거 해 봐라 저거 해 봐라 할 텐데. 할머니는 손자가 동물원 원숭이처럼 구경거리가 됐으면 좋겠어요?"

"뭐라꼬?! 이게 그렇게 되는 기가? 안 되지. 그건 아니지. 절대 안 된다. 누가 우리 귀한 손주한테!"

방금까지 넘쳐 나던 아까운 기색이 싹 사라졌다.

그도 모자라 재수 없다며 소금까지 뿌리려는 걸 말렸다.

"잠깐만요. 할머니. 일단 진심일 수도 있잖아요. 며칠 기다려 보고 뿌려도 돼요. 그리고 진짜 그런 사람이면 소금도 아까워요."

"그래, 이 할매는 대운이가 하는 말이면 다 믿는다. 오야. 알았다. 다음에도 이런 일이 생기든 똑띠(똑똑히) 해 주께. 걱정 마라. 알겠제?"

"네, 저도 할머니만 믿어요."

이렇게 내 인생 첫 스카웃 제안이 어설피 흘러간 듯싶었으나 조형만은 사흘이 안 돼 다시 찾아왔다.

전과 달리 경계심이 가득한 할머니 앞에 만 원짜리 열 장을 턱 꺼내 놓으며 당당하게 말했다.

"자 봐라. 니 해 달라는 거 딱 갖고 왔다. 이제 그 테스트인가 뭔가 해도 되나?"

"아저씨 진심이네요."

"그럼, 내가 니 같은 아 앞에서 공갈이라도 때릴까? 자, 돈도 갖고 왔고 시험지도 갖고 왔다. 할 끼가? 말 끼가?"

"좋네요. 알았어요. 값을 냈으니 해 달라는 대로 해 줄게요. 뭘 하면 되나요?"

내놓은 돈이 아까운지 씩씩거리면서도 주섬주섬 시험지를 꺼내 놓는 손길에 한 줄기 기대감이 묻어 있었다.

외견이 그랬다. 만족할 결과가 나오지 않으면 호통이라도 칠 것처럼 근엄하게 굴었으나 이 사람 속마음은 '제발 신동이길'이었다.

웃어 줬다.

80년대 교육 수준 정도는 이미 꿰뚫고 있는 나다.

그가 어떤 걸 내놔도 문제없을 거라는 걸 이미 잘 알고 있었다.

덕분에 십만 원 벌었습니다.

"돈 낸 만큼 내도 준비를 철저히 해 왔다. 절대로 만만치 않을 끼다. 각오해라."

"예예, 알겠어요. 어서 꺼내 보세요."

"좋다."

비장하게 꺼내는 시험지 뭉텅이에는 미취학 아동을 위한 것부터 중등 수학까지 가득했다. 장수만 이십여 장.

가져올 수 있는 건 다 가져온 모양이었다.

"이걸 풀면 돼요?"

"맞다. 다 풀어 봐라."

시험지를 집었다.

스윽 보면 탁 나오는 것투성이다.

사삭 사삭 사삭

집중해 들었고 방 안엔 어느새 연필 소리만 남았다.

난 이들 앞에서 문제를 보자마자 답을 찍어 버리는 신공을 발휘하고 있었다.

그럴 때마다 조형만과 할머니는 입을 떡 벌린 채 소리 없는 비명을 질러 댔다. 눈앞에 있는 아이가 보통 어린이가 아니란 걸 실시간으로 인지하고 있었다.

테스트는 30분도 안 걸렸다.

조형만은 덜덜 떨리는 손으로 일일이 채점하였고 이 역시 도 30분이 지나자 자기가 본 장면이 진실임을 확인하고는 두 손을 축 늘어뜨렸다. 긴 한숨과 함께.

"후아~."

"왜요? 틀린 거 있어요?"

"이 무슨 일인지."

"틀렸냐고요?"

"아이다. 하나도 안 틀렸다. 툭툭 찍어 대던 게 싹 다 맞았 다. 니는 다른 아들과는 완전히 다르다."

"그래요?"

"하아……. 내가 여기까지는 안 가려고 했는데. 이젠 멈출 수가 없다. 한번 끝을 보자."

"예? 또 볼 게 있어요?"

"아이다. 낸중에 하루만 더 시간 내주면 된다. 해 줄 수 있겠나?"

"그럴게요. 근데 그것만 하면 다 끝나죠?"

자꾸 찾아와 징징대면 곤란하니까.

"그렇다. 대신 결과가 좋게 나오면 내한테 약속 하나만 해도."

"뭔데요?"

"내가 니를 발굴한 기다."

공로를 인정해 달란다.

공로라······.

돈도 받았는데 어려울 건 없다.

"그건 걱정 마세요. 저도 약속은 지켜요."

"알았다. 준비되면 연락할게. 할매요."

"예."

"이보소. 이렇게 손이 다 떨립니더. 할매도 그렇습니꺼?"

"예, 예. 지도 심장이 떨려서 꼼짝을 못 하겠심더."

"다시 오겠습니더. 그때 한 번만 같이 움직여 주이소."

"알겠습니더. 다녀 오이소."

"예, 지는 들어가 보겠습니더."

조용히 그가 돌아가자 할머니는 긴장이 풀어진 듯 주저앉았다. 그가 두고 간 시험지에 박힌 동그라미를 한참이나 들여다보았고 계속 눈시울을 적셨다.

이후로도 할머니는 한마디도 꺼내지 않았다.

때가 되자 조용히 밥을 차렸고 가만히 앉아 있기만 했다.

밤이 되어 잘 자리에 들어서야 날 붙잡아 앉혔다.

"곰곰이 생각해 봤는데……. 대운아, 이 돈은 니 꺼다."

차곡차곡 쌓인 만 원짜리 열 장을 앞으로 내놓길래 쳐다봤다.

할머니는 옅은 미소로 내 머리를 쓰다듬었다.

"장하네. 우리 대운이. 쪼매난 게 벌써 돈도 다 벌 줄 알고."

"……?"

"어여, 갖고 가라. 니 꺼다."

"이거 진짜 저 주시는 거예요?"

"맞다. 니 꺼다. 니 힘으로 니가 번 거 아이가. 할매는 안 줘
도 된다. 우리 대운이가 가지고 있다가 다 써라."

"…….."

이건 좀 감동이었다.

용돈 개념도 없던 시대에, 특히나 애들한테는 10원짜리 한
장도 주지 않았던 시대에서.

할머니는 10만 원이나 되는 거금을 턱하니 내놓았다. 100
원짜리 요구르트만 나오던 손에서 말이다.

이 정도면 완전히 믿어 주겠다는 뜻이 아닐까.

일곱 살이 아닌, 어린 손주가 아닌, 한 사람의 인간으로서.

나는 돈을 챙기는 대신 할머니를 꼬옥 안아 주었다.

"감사해요. 더 자랑스러운 손주가 될게요."

"오야오야. 할매는 대운이만 있으면 된다."

"저도요. 할매는 제가 지킬 거예요."

"고맙데이. 내 새끼. 이 할매는 이제 아무것도 필요 없다. 대운이만 있으면 아무것도 필요 없다."

그럼요. 제가 다 해 드릴게요.

이 순간을 지키기 위해서라도 나는 멈춰선 안 된다.

더 열심히 살아야 했고 더 열심히 발버둥 쳐야 했다. 이 돈을 활용할 방법도 찾고.

다음 날이 되자마자 난 일단 시장으로 갔다.

우리 집은 칠성시장과 인접하여 어린아이의 걸음으로도 충분히 다닐 수 있었다.

"빨간색밖에 없어요?"

"와 그라는데? 빨간색이 제일 괜찮다 꼬맹아."

큰일은 아니었다.

첫 월급에 부모님 내복을 사듯 가벼운 마음으로 쇼핑을 왔건만 남자는 아이보리, 여자는 죄다 빨간색이었다.

에어도 없고 다른 기능성도 찾아보기 힘든 그냥 생내복.

할 수 없이 세 벌을 구입했다.

꽤씸하긴 하지만 사는 김에 아버지, 어머니 것도 사고 할머니는 추가로 신발도 하나 샀다.

그렇게 길 건너기 위해 있으나 마나 한 횡단보도에 서 있는데.

부르릉

짐을 잔뜩 실은 세발자동차(삼륜차)가 앞으로 지나갔다.

"우와~."

세발자동차다.

내가 정말 80년대로 돌아온 게 맞는 모양이다.

그 꽁무니를 끝까지 쳐다보고 있는데 이번엔 따각따각 짬
통을 실은 마차 한 대가 또 앞을 지나간다.

"……마차라니."

대단했다. 칠성시장.

포니가 마차와 함께 도로를 달리고 사람들은 무단횡단을 거
의 베트남급으로 한다. 그러고 보니 신호등도 딱히 없었다.

횡단보도는 대체 왜 만들어 놓은 걸까?

장 본 아주머니들이 잠시 쉬는 버스 정류장에선 풀빵 같은
군것질거리를 팔았고 토큰이 쉴 새 없이 오간다. 버스가 설
때마다 가장 먼저 내린 안내양이 승객들에게 요금을 받고는
버스 옆구리를 탕탕 친다. '오라이~'라고.

버스가 잘도 달린다.

왜 이렇게 흥겨울까.

왜 이다지도 기분이 좋을까.

두툼해진 비닐봉지를 쥔 채 난 도로를 따라 걸었다.

길 따라 양복점, 중국집, 쌀집, 다방, 선술집, 오락실들이
즐비하다. 그것들을 기웃거리며 지나가는 것도 너무 재밌다.

너무도 작고 촌스럽고 부족한 곳이라지만.

그래서 더 예뻤다.

슈퍼 냉장고에 있는 500ml 대병 콜라도 반가웠고 10원짜
리 기다란 쥐포에도 행복했다. 불량 식품은 또 얼마나 많은
지. 20원 넣어야 걸리는 빨간 공중전화기는 왜 자꾸 사람의
시선을 사로잡고.

회귀하기 몇 년 전, 일부러 대구시를 찾은 적이 있었다. 향
수에 젖어 예전 지냈던 곳을 헤맸고 납작 만두 같은 이름난
먹거리도 먹고 다녔건만 가슴이 아팠다.

내가 보고 싶은 건 폐허가 됐거나 사라져 버렸으니까.

그런데 지금은 찐이다.

"사진 찍어 두고 싶네."

어쩌면 보상일지도 모르겠다.

그 현장에 서 있다는 게 이렇게 감동일 줄이야.

내친김에 예전 살았던 곳을 죄다 돌아보기로 하였다.

도로와 바로 붙어 늘 차 소리로 시끄러웠던 집에 가 봤다.
사람 하나 겨우 지나다닐 골목 안쪽 후진 집에도 가 봤다. 여
름만 되면 하수도 냄새에 들어갈 수도 없었던 집도 갔다, 다
니던 국민학교 바로 앞에 있어 창피했던 집도 역시.

"나도 참 이사를 많이 다녔네."

한 달 열심히 하면 집 한 채씩 벌던 집안이 그 꼴이 되는 데는
3년도 길었다. 지금도 하루만큼 성실하게 그 길로 가는 중이고.

"어찌 보면 두 사람 다 잘못 만난 건지도 모르지."

20년 후에도 우리 부모님은 서로를 원망하고 타협하지 않았다.

한때 엄마 말만 듣고 아버지를 미워한 때도 있었다. 돌이켜 보면 두 사람 다 똑같았고 둘 다 내 원망을 받아야 할 사람들이었다.

그들의 불장난으로 인해 내 운명은 뒤틀릴 대로 뒤틀려 버렸고 깊은 상처를 입었으니까.

단 3년 남았다.

나의 평안한 세상을 종말케 할 운석이 떨어질 시간이.

정신이 번쩍 들었다.

이렇게 감성에 젖어 탐방이나 하고 다닐 때가 아니다.

"난 돈이 필요해. 명성도 필요하고……. 그래야 살아."

어쩌다 보니 우리 부모님이 타도해야 할 검은별이 돼 버렸지만.

나는 절실했다.

대체 어떻게 해야 일곱 살짜리가 이 엿 같은 암흑의 장막을 뚫고 밝은 해를 볼 수 있을까? 그러다 혹시 시간이 남으면 서로의 인생을 구렁텅이로 모는 멍청한 부모도 구제하고.

"아무래도 작가로의 길은 안 되겠어. 기각이야."

한 편 완성하는데 너무 오래 걸리는 작업이었다.

80년대라도 최소 세 권은 내야 할 텐데.

묵흥처럼 40권이 넘는 것들은 노력대비 가성비가 너무 떨어졌다. 게다가 이 시대 장르 소설은 정파의 등쌀에 숨어 다녀야 하는 사파 연합에 불과했고 그나마 쳐주는 일반 소설은 베스트셀러가 아니면 답이 없다. 베스트셀러란 것도 이슈 없이는 어림도 없고.

신춘문예 천재 작가 등단 정도로는 확실히 임팩트가 떨어졌다. 그것만으로 어린아이에게 선입금해 줄 출판사도 찾을 수 없었다.

다른 길을 찾아야 했다.

조금 더 효율적이고 집약적인 돈벌이로.

"뭐가 있을까? 무엇을 해야 이 악순환을 끊고 조금은 더 나은 삶을 꾸릴 수 있을까?"

찾으면 어째 될 것 같긴 한데…….

이게 또 찾으니 잡힐 듯 안 잡힌다.

"술래잡기하자는 것도 아니고."

피식 웃으며 돌아오는데.

기적과 같이 귀로 무언가가 꽂혔다.

피아노 멜로디였다.

따라라라란 따라라라라란 따라라라라~~

기억이 맞다면 이건 모차르트의 '터키 행진곡'이다.

홀린 듯 찾아간 그곳엔 조그만 학원이 하나 있었다.

니나 피아노 교습소라고.

Chapter 3

Chapter 3

"내일 갈 데가 있습니다. 멀리는 아니고예. 채비를 좀 해 주이소."

일주일 만에 나타난 조형만이 던진 말이었다.

다음 날 낡은 봉고차 한 대 와 우리를 태웠다.

"가입시더."

"어디로요?"

"일단 타이소. 멀지는 않습니다."

자못 비장한 모습에 순간 이 사람이 혹시? 란 의심이 들었으니 빈복된 성화에 할머니가 타자 나도 탈 수밖에 없었다.

봉고차는 움직였고 곧장 대로로 나가 칠성시장 뒤편으로

돌았다. 거기엔 허술한 콘크리트 다리인 칠성교가 있었는데 차는 그곳을 넘어갔다.

칠성교 아래에는 한때 금호강 지류로 청정수를 자랑하던 신천이 흐르고 있었다. 지금은 폐수 유입과 마구잡이 쓰레기 투척으로 거의 시궁창이나 다름없는데.

특유의 썩은 냄새 때문에 보통은 접근을 못 하는 곳인데도 불구하고 어릴 적 난 저런 곳도 좋다고 들어가서 놀았다. 다른 아이들도 거의 그랬다.

다시 생각해도 눈병 하나 걸리지 않았던 게 용했다.

'그래도 은근 잡동사니가 많았는데. 그거 주워서 노는 것도 재밌었…… 어!'

가만…….

"내가 왜 이걸 기억 못 했지?"

소름이 확 돋는다.

"뭐라꼬?"

"아, 아니에요."

사건이 하나 있었다.

저 쓰레기 바닥에서.

말도 안 되는 일이지만 분명 큰일이 벌어졌다.

놀던 애들 중 몇몇이 어느 날 분실물 하나를 습득하게 되는데……. 아침 조회 시간에 교장 선생님이 전교생을 불러 놓고 발표할 만큼 아주 충격적이었다.

'금액이 3억 원이었던가?'

보물찾기하며 놀다 돈 가방을 하나 주웠고 쏟아지는 지폐에 겁을 집어먹은 아이들이 배운 대로 경찰서에 가져다줬는데 달랑 표창장 하나 받은 사건이었다.

그때 애들 사이에서도 말이 많았다. 아무런 보상도 못 받고 저게 뭐냐고. 자기 같으면 다 빼돌렸을 거라고.

그 말 많은 아이 중에 나도 끼어 있었다. 혹시나 몰라 그 주변을 적극적으로 찾아가 뒤진 적도 있고.

돈 욕심에 눈이 멀어 한동안 매달렸던 터라 잘 기억했다. 3억도 주인을 영영 찾지 못했다.

'눈먼 돈이었어.'

봉고차가 어디로 가는지 눈에 들어오지도 않았다.

이때는 강남의 아파트가 3천만 원 정도 할 때라.

그 돈이라면 못할 게 없었다.

앞으로 엄청나게 개발될 대구 성서 쪽 땅을 사도 될 테고 아니라면 하다못해 은행에만 넣어놔도…… 아니구나. 은행은 금액이 너무 크니 나중에 물어보면 답이 궁색하고. 아무튼 지금 당장은 생각나지 않지만 없어서 문제지 있어서 돈이 문제 될 건 하나도 없었다.

당장에라도 가서 뒤지고 싶었지만.

또 희한하게도 곱씹을수록 이 기억에 치명적인 오류가 있음을 알아 버렸다.

'그게 지금도 있을까?'

찾은 시점을 안다고 그것이 지금 있다는 얘기는 절대 아니다.

그 돈이, 그 돈이 담긴 가방이, 애들도 건너는 저런 얕은 물에 떠내려왔을 리는 만무.

오래전부터 내려온 고대 유물도 아니고 필히 누군가가 숨겨 놨다는 건데.

아무리 생각해도 3년 넘게 숨겨 놓지는 않았을 것 같았다.

그러니까 누군지는 모르지만, 무슨 일이 있어 다급히 숨겨 놨고 그게 재수 없게도 신천에서 놀던 아이들의 눈에 걸렸던 게 아닐까.

그렇게까지 생각이 흐르자 두근대던 심장이 진정을 찾아갔다.

이건 타이밍 싸움이었다.

물론 가서 찾아보긴 할 테지만 거의 확률이 없을 거라는 것에 내 전 재산을 다 걸 수 있었다.

'좋다 말았네.'

로또가 됐다가 분실한 기분이 이럴까.

주택 복권이 1억 원 하던 때인데.

그사이 봉고차는 몇 블록을 더 지나 큰 정문으로 들어서고 있었다.

현판에 경북대학교라고 쓰여 있었다.

"여긴……?"

"다 왔다. 조금만 더 가면 된다."

"여긴 왜?"

"왜 왔겠노. 볼일이 있어 왔지. 하하하하하."

통쾌하게도 웃는다.

저 방정맞은 웃음소리에 걸맞춰 봉고차도 부우웅거리며 아직은 군데군데 비어 있는 교정을 내달렸다.

경북대학교는 경상도 지역 최고의 대학이었다. 부지가 넓었고 여름을 향해 가는 길목이라 잔디도 파릇파릇 주변 경관도 싱그러웠다.

정문과 가까운 일청담이란 연못을 지나자 상해의 동방명주같이 생긴 월파원이 보였고 그 옆에 아주 큰 도서관도 보였다. 박물관도 하나 있었다.

처음 오는 곳이라 구경이라도 해 보고 싶었는데 봉고차는 쌩하고 지나가기만 했고 멈춘 곳은 국회 의사당같이 생긴 본관 앞이었다.

왠지 권위적이고 위압적이게 생긴 건물.

들어가면 괜히 주눅들 것 같았는데 조형만은 여기에서도 기죽지 않고 2층으로 이끌었다.

이쯤 되니 슬슬 걱정되기 시작했다.

이 아저씨가 대체 뭘 하려고?

"하하하하, 쫄았나? 구렁이 수십 마리는 삼킨 것처럼 까불더니 니도 아는 아인가 보네. 하하하하하."

"……."

"됐다. 걱정할 거 없다. 간단한 테스트만 보면 된다. 테스트 알제? 테스트."

두꺼운 문을 거침없이 열어젖혔다.

안엔 의사 가운과 비슷한 걸 걸친 두 사람이 대기하고 있었다.

진짜 의사인가?

"아이고, 안녕하십니꺼 교수님. 조금 늦었심더."

"아입니더. 제시간에 딱 맞춰 오셨습니더. 야가 갸입니까?"

중년의 나이에 지적으로 생긴 남자가 미소를 머금고 다가 왔다.

조형만은 서둘러 인사시켰다.

"인사드리거라. 교수님이시다."

"아, 안녕하세요. 장대운입니다."

꾸벅 인사에 교수는 무릎앉아로 나와 눈을 맞췄다.

"네가 대운이가. 야야, 반갑다야. 내는 이 학교 교수인 지 천호라고 한다. 여기 누나는 조교 김은실이라고 카고."

"안녕하세요. 누나."

"어머머, 귀여워라. 반갑데이. 니는 어찌 이렇게 예쁘게 생 겼노. 호호호호."

풀어놓는 순간 안고 물고 별짓을 다 할 것 같은 눈빛을 던 지는 여자였다.

위험한 여자.

다행히 이곳엔 안전장치가 많았다.

"김 조교. 준비하게. 오래 끌면 아가 힘들다."

"아, 예."

뒤편 탁자로 쪼르르 달려가는 김은실의 뒤태를 보는데.

인자하게 생긴 지천호 교수는 나와 대화를 시도했다.

"대운이라고 했제?"

"예."

"지금부터 니를 테스트할 끼다. 그건 듣고 왔나?"

"예?"

"몰랐나?"

조형만을 본다.

"아니, 그게 아이고. 깜짝 놀래킬려고 요 앞에서 말해 줬습
니더."

"그래예? 으음, 대운아, 뭐 별건 아니고. 시험지 몇 장 풀면
되는 기라. 어려운 건 아이다."

"……무슨 시험인데요?"

어떤 거창한 테스트길래 대학교까지 와야 했을까?

"보니까 중등 수학까지 문제없이 풀었던데 맞나?"

뭔가 심각했다.

아아~ 조형만.

비장하게 사라질 때부터 알아봤어야 했는데.

"그렇긴 한데……요."

"교수님이 진짜 깜짝 놀랐다 아이가. 근데 혹시 고등학교 문제까지는 안 갔나?"

슬슬 불안해졌지만 여기까지 와서 숨기고픈 마음은 없었다.

회귀 후 지금까지 내도록 한 게 바로 학년 과정 복습이었고 눈앞 지천호 교수는 어쩌면 내가 인정받을 큰 기회일지도 몰랐다.

솔직하게 나갔다.

"2학년 수준까진 갔어요."

"허어……. 고등학교 과정도 들어갔다고?"

"여름 안에 3학년까지 끝내려고요."

"3학년까지?! ……누, 누가 그만큼 가르쳐 주드노?"

"아이고, 교수님. 야 주위에 누가 있능교. 다 독학이다 아입니꺼. 그런 거였으면 애초 여기까지 오지도 않았어예."

조형만이 끼어들었으나 지천호 교수의 눈짓 한 번에 깨갱했다.

"교수님은 니 말을 듣고 싶다. 말해 줄 수 있겠나?"

"어렵지 않아요. 실제로 형만이 아저씨 말대로 가르쳐 줄 사람도 없고요. 제가 다 했어요."

"……그럼 언제부터 남이랑 다른 걸 깨달았노?"

"그건…….'"

"중요한 질문은 아이다. 지금과 같은 속도라면 일찍부터 소문났어야 했는데 그게 좀 궁금했다. 알려 줄 수 있겠나?"

맞는 말이긴 했다.

이 정도 능력 차라면 진즉 드러났어야 옳았다.

아닌가? 이때는 언론이 발달하지 않은 시대라 늦게 튀어나올 수도 있나?

모르겠다.

그렇다고 어설프게 대답하고픈 마음은 없었다.

"남이랑 다른 게 싫었어요. 다르다는 건 배척받는 거잖아요. 천재라고 불리던 사람들이 어떤 꼴을 당했지 조사해 봤어요. 그래서 숨었어요. 고통받기 싫어서."

"아아…… 그렇구나."

안타까워하면서 눈짓으로 더 얘기해 보라 한다.

"다른 건 없어요. 조금 똑똑하면 칭찬받잖아요. 헌데 받아들일 수 있는 범위를 넘어서면 오히려 무서워하죠. 전 그게 싫었어요. 저도 똑같은 사람인데. 조금 늦게 가더라도 안전한 길이 나았으니까요."

"세상에나…… 니는 거기까지 갔더나?"

"제 말이 틀렸나요?"

"아이다. 니 말이 다 맞다. 아직 우리나라는 천재를 받아들일 준비가 안 됐다."

고개를 절레 저으며 탄식하는 지천호 교수였다.

이렇게 넘어가나 했으나 지천호 교수는 곧바로 면도날 같은 질문을 던졌다.

"그럼 어째서 지금 스스로를 드러낸 거고? 다 알고 있으면서 갑자기."

"그건……."

"계기가 있었을 거 아이가. 교수님한테 털어놔도고."

"있긴…… 있어요."

"말해 보거라. 열심히 들을게."

지천호 교수뿐만 아니라 이곳에 모인 모두가 나를 주목했다. 이유를 말해 달라는 듯.

곤란했다.

적당히 넘어가면 좋겠건만.

곰곰이 생각해 보면 천재가 스스로를 드러낼 수밖에 없었던 이유가 편의점에서 음료수를 사는 것처럼 가볍진 않을 것이다.

필시 중대한 사유가 있을 수밖에 없었고.

나는 실토해야만 했다.

"……가만히 놔두면 우리 가족이 파탄 날 것 같았거든요. 아버지는 집안이 망해감에도 정신 못 차리고 술만 마셔요. 어머니는 중증 우울증에 시달리고 계시죠. 머잖아 이혼할 것 같아요. 그때부터 제 인생은 걷잡을 수 없게 되겠죠."

"대운아!"

할머니가 소리 지른다.

그러나 나는 할머니를 쳐다보지 않았다.

"막고 싶었어요. 제가 할 수 있는 모든 걸 다 동원해서."

"그래서 드러냈다?"

"예."

보통이면 이쯤에서 끝낼 법도 하지만 지천호 교수는 끈질 겼다.

"……부모님이 이혼할 거라 판단한 근거는 있나?"

"두 분 다 안 참아요. 그리고 어머니는 일반적인 여인상이 아니세요. 돈 버는 능력이 탁월하시죠."

"허어……. 돈 버는 능력이라. 그게 그렇게 흘러가는구나. 맞다. 정말 네 말대로 그렇게 될 수도 있겠구나. 이 시대 여자들과 다른 데다 경제적 능력까지 있다면 일방적으로 억눌리지도 않고 자신의 길을 개척하겠지."

"참고로 전 일곱 살이고요."

"!!!"

눈앞 어린아이가 어떤 절박함에 빠져 있는지 그제야 인식한 듯 입을 떡 벌린다.

일반적으로 알려진 똘똘이들과는 전혀 다르다는 것.

그게 충격이었는지 한참이고 쳐다만 보는 지천호 교수였다.

"저…… 교수님. 준비됐습니다."

김은실이 나서지 않았다면 몇 시간이고 쳐다만 봤을 것이다.

"아아, 내 정신 좀 봐라. 테스트를……. 그래, 테스트를 해야제. 테스트. 그게 오늘의 목적이제."

"……."

91

"커흠흠, 저기 대운아."

"네."

"지금부터 1시간가량 테스트할 끼다. 고등학교 2학년 수준 까지 갔으면 충분히 볼 수 있는 기라 어려움은 없을 거고."

"무슨 테스트인데요?"

"웩슬러 지능 검사라고 아나?"

"웩슬러요?!"

웩슬러 지능 검사라면.

IQ 검사!

아아, 젠장.

잘못하면 뽀록이다.

조형만이 대학교까지 끌고 왔을 때 깨달았어야 했는데.

숨이 턱 막혔다.

내 비록 이전과는 전혀 다른 명철을 겪고 있다고는 하나 스스로 천재와는 거리가 멀다는 것쯤은 알았다.

먼저 지나간 자의 역량으로 쪼그만 이득이나 보는 정도인데.

일이 커졌다.

"뭘 그렇게 놀래노? 웩슬러 지능 검사를 알고 있어?"

"아, 아니요. 갑자기 영어가 나와서."

"영어는 잘 모르나?"

"할 줄은 알죠. 그냥 학교에서 나오는 문제나 풀 줄 알았는데 의외라서요."

"아니, 대운아, 니 영어도 할 줄 안다고?"

"예, 아직 유창하진 않아요."

"영어를 지금 당장…… 아니, 지금 그게 중요한 게 아니지. 일단 테스트부터 보자. 저 앞에 있다."

내 손을 잡아 앞쪽 책상으로 이끌었다.

걸상도 손수 빼내 나를 앉혔다.

"오늘은 이것만 해도고. 다음은 다음에 하자."

뭘 더 한다는 건지.

말을 마치자마자 김은실이 갱지로 만든 시험지를 앞에 주었다.

"지금부터 1시간이다. 할 수 있는 데까지 해 보거라."

"……"

문제가 지면에 빽빽했다.

그 문제들이 목을 막 조르는 것 같았다.

이런 상황은 절대 원하지 않았는데.

하필 IQ 검사라니.

주변을 둘러봐도 거부는 이미 늦었다. 시선을 맞추며 오히려 기대감을 키우고 있었다.

'……'

물러설 수도 없었다.

위기는 기회라는데…… 나에게도 통용될까?

지천호 교수는 '요이 땅!'을 외쳤고 외통수였다.

그나마 한 가지 위안은 중학교 다닐 때 IQ 검사를 본 적 있다는 것.

그때는 신중을 기하느라 두 번씩 확인하는 짓을 저질렀는데. 그래서 끝을 못 봤다. 그럼에도 130은 넘겼다.

이전과 현재를 통틀어 머리가 가장 맑은 이때라면.

나도 어디까지 갈지 궁금해졌다.

'한번 해 보자.'

펜을 들었다.

도형의 생김새, 단어의 비교, 곱셈 등등 페이지를 넘길 때마다 달라지는 테스트에 온전히 집중해 들어갔다.

극한으로 발휘된 집중력은 나를 주변과 분리시켰고 시험지가 던지는 질문은 파도처럼 나를 유영하게 하였다.

이 현상은 마지막 페이지를 넘길 때까지 계속됐고 이후 무슨 정신으로 집으로 돌아왔는지 기억나지 않았다.

교수와 몇 마디 나눈 것 같긴 한데.

밥을 코로 먹는지. 잠은 어떻게 잤는지.

정신을 차린 건 다음 날이 돼서였다.

◇ ◆ ◇

따르르르르릉

따르르르릉

"네, 일일학습 판매부입니다. 아! 대구 칠성영업소장님. 네
네, 그럼요. 잘 지내고 있죠. 예, 말씀하세요. 네네, 그래서요.
아이가 그렇게 공부를 잘한…… 예?! 머리가 그렇게 좋다고
요? 경북대학교 인증도 받고요? 아아~ 그렇군요. 알아들었
습니다. 빨리 보고 올려야겠네요. 일단 알겠습니다. 빨리 결
정 내려서 연락드릴게요. 예예, 끊겠습니다."

갑자기 심각한 표정으로 전화를 끊는 이상훈 과장을 본 정
태식 부장은 하던 일을 멈추고 그를 불렀다.

"왜 그래? 무슨 일 있어?"

"그게 부장님……."

이상훈 과장은 방금 대구 칠성영업소장 조형만에게 들은
내용을 그대로 전달했다.

"뭐라고?! 그게 정말이야?"

"예, 일단은 그렇게 보고받았습니다."

"허어…… 이 과장. 요 근래 그런 아이가 나타났다는 걸 들
은 적 있어?"

"아니요. 저도 이게 뭐가 뭔지……."

"어쨌든 일단 그렇단 말이지? ……흐음, 안 되겠어. 사장님
께 가야겠어. 이 과장은 날 따라오도록."

"예."

두 사람은 사장실로 직행했다. 근래 들어 판매 상승 곡선
의 하락으로 히스테리가 심해진 사장 때문에 눈길도 주기 싫

은 장소였지만 이런 건이라면 조금도 두렵지 않았다.

◇ ◆ ◇

"좀 더 획기적인 방안은 없을까?"

일일학습 사장 김영현은 요즘 들어 두통이 심해졌다.

일일학습이 비록 토종 교육 브랜드로서 탄탄한 입지를 다지고 있다지만 1976년 공문수학연구회가 발족된 이래 나날이 사세가 커지는 공문수학이 자꾸만 목에 가시처럼 찔러 왔다.

밑바닥부터 다져 온 내공이 말하건대 이런 유는 가만히 둬선 안 됨을 경고했다.

더구나 내용도 더 심박하다.

샘플로 가져온 것만 들여다봐도 일일학습과 공문수학 중 무엇을 고를까 하면 자신도 공문수학을 고를 판이었으니.

"지금은 조직력이 받쳐 주지 않아 뻗칠 못한 것뿐이야. 자금에 여력이 생기는 순간 몇 년 안에 먹힌다."

일본에서 들여온 학습지라선지 수준이 달랐다.

커리큘럼도 좋고 디자인도 파급력도 다 앞섰다.

그에 비하면 무엇 하나 장점이 없는 게 일일학습이고 콩깍지가 벗겨지는 순간 사태는 걷잡을 수 없게 될 것이다.

"……."

지금까지 어떻게 꾸려 왔는데.

일본에서 건너온 학습지 따위에 이 나라 시장을 내줄까.

"어떻게 해야 하지? 대체 어떻게 해야 놈들의 약진을 막아낼 수 있지?"

똑똑똑

노크 소리에도 짜증이 올라왔다.

좋은 소리가 안 나갔다.

"뭐야?!"

슬그머니 들어온 이들은 판매부 사람들이었다. 어제 월간 실적 때문에 제대로 박살 낸.

"뭔데?"

"저 사장님."

"빨리 말해. 나 지금 바빠."

흠칫한 정태식 부장은 통화 내용부터 서둘러 읊어 놓았다.

"방금 대구 칠성영업소에서 이런 보고가 올라왔습니다……."

미주알고주알.

"뭐라고?! 천재가 나타났다고?"

"예, 그렇다고 합니다."

"……천재가 나타났다는…… 거지?"

김영현은 솔직히 이게 뭔가 싶었다.

갑자기 웬 천재?

이걸 왜 보고하는 거지?

천재가 나타난 게 자신과 무슨 상관이……!!!

"잠깐잠깐잠깐. 잠시 대기. 그러니까 대구에서 천재가 나타났고 그 인증을 경북대학교에서 했다고?"

"예, 대구 칠성영업소장이 자기가 발굴했다고 연락 왔습니다."

"칠성영업소장이면 그 젊은 양반?"

떠올랐다. 아무것도 없는 주제에 야심만만하던 사람.

"잠시잠시잠시, 잠깐만……. 혹시 그 아이가 우리 일일학습을 하고 있나?"

"지금은 아닙니다."

"아니라고?"

김이 확 빠졌다.

클라이맥스로 가다 헛발질한 것처럼.

하지만 다시 생각해 보니 그게 아니었다.

"지금은……이라고 그런 거야?"

"예, 1년 전에 몇 개월 구독한 적 있다고 합니다."

"그러니까 구독했다는 거지?"

"예."

"정말 한 거 맞아?"

"맞습니다."

"오호~."

그림이 그려졌다.

진위부터 먼저 알아봐야 할 테지만 그 아이가 일일학습으로 공부했다고 한다면? 그 옆에 자신이 서 있다면?

벌떡 일어났다.

"지금 어디 있어?!"

"대구지 않겠습니까?"

"정 부장!"

"넵!"

"지금 이러고 있을 시간 있나?! 당장 출발해. 아니, 내가 직접 가겠어."

◇ ◆ ◇

"역시 없네. 없어. 이때는 아닌가 봐."

혹시나 했다.

그 눈먼 돈이 지금도 묻혀 있을까 지난 며칠간 발견 장소로부터 반경 200m를 샅샅이 수색하였다.

나오는 건 잡동사니와 쓰레기뿐.

손에 검댕이만 잔뜩 묻었다.

"가능성이 낮은 건 알고 있었는데. 에휴~."

김이 빠졌다.

그 돈이 있었다면 조금 더 빨리 날개를 펼 수 있었을 텐데.

터벅터벅 집으로 돌아왔다.

오늘부로 신천은 내 인생에서 끝.

"할매, 저 왔어요."

"대운이 왔나. 오야. 여기 학습지 선생님도 왔다."

"예?"

그 사람이 왜? 라고 묻기도 전에 방 안에서 조형만이 나왔다.

"빨리 들어온나. 니는 어디 갔다 인제야 기어들어 오노. 내 니한테 말해 줄 게 있어 꽁지 빠지게 달려왔다 안 카나. 이 자슥아."

갑자기 친한 척이라.

그런 조형만이 고까웠으나 일단 돈 받은 것도 있고 넘어갔다.

"왜요?"

"와는 와고. 여 봐라. 이 아제 팔에 지금 소름 돋은 거 안 보이나? 니 완전 일냈데이."

"일이요? 그게 뭔데요?"

"결과지 나왔다."

"결과지……요?"

"그래, 인마. 내 방금 지천호 교수님한테 갔다 온 거 아이가."

"아!"

IQ 검사.

결과 나오는 날이 오늘이었나 보다.

순간 심장이 떨렸지만, 조형만 앞이라 최대한 담담하게 말했다.

"어떻게 나왔는데요?"

"뭘 어떻게?! 니 완전 조졌다."

조졌다고?

망쳤다는 거야?

"표정이 그게 뭐꼬? 190이란다. 190."

"예?"

잠시 190이란 숫자와 조졌다는 뜻을 연관시키지 못했다.

"……제가 190이라고요?"

"그래! 니 머리가 190이란다. 자슥아!"

IQ 190이란다.

190.

우와~ 대박.

근데 이 아저씨는 조졌다란 말의 뜻도 모르나?

"음……."

"음? 뭐가 음이고?! 그거밖에 못 하나? 니 천재인 거 인정받았다고 자슥아! 이럴 때는 소리쳐야지!"

"아, 그게……. 저도 좀 놀랍긴 하네요. 그 정도까지 나올 줄은 몰랐는데."

정말 의외였다.

남김없이 다 풀고 후회 없이 찍긴 했지만 좋아 봤자 150 정도 예상했다.

"저, 저기. 선생님요. 190이면 얼매나 되는 겁니꺼?"

할머니도 궁금했는지 마른 입술을 축이며 물어왔다.

조형만은 마치 자기가 천재가 된 것마냥 소리쳤다.

"할매요. 말도 마이소. 야가 190이랍니더."

"……"

"영~ 감이 없으시네예. 하이고, 할매 보소. 보통 아이들 머리가 100도 안 됩니더. 70, 80 되는 아이들도 수두룩하고예. 머리 좀 좋다는 아들이 120, 130합니더. 190이면 세계에서도 일등 먹는 천재라예."

"예?! 세계에서요? 그기 정말입니꺼?!"

"내가 따땃한 밥 먹고 공갈칠 일 있어예? 지금 교수님한테 다 듣고 온 길입니더. 믿어도 됩니더."

"하이고야. 이게 무슨 일이고. 대운아, 대운아~."

심장이 떨리는지 안아 달라고 손 벌리는 할머니를 먼저 가서 안아 줬다.

괜찮다고 달래 줬지만, 할머니는 세상의 영광을 모두 얻은 것처럼 감격스러워했다.

그러다 또 무언가 다짐하셨는지 입술을 악물었다.

"오야. 내가 목숨이 다하는 일이 있어도 우리 대운이만큼은 꼭 지킬 끼다. 아무도 니 못 건들게 할 끼다. 암! 그렇게 할 끼다."

곁에 있던 조형만이 다 흠칫할 만큼 서슬 퍼런 맹세였지만 이때 난 온전히 할머니에 집중할 수가 없었다.

내 IQ가 190이라니.

190.

몇 번을 되돌려 봐도 190이란다.

"허허허허……"

헛웃음이 나왔다.

안갯속을 걷는 듯 먹먹하고 흐리멍텅했던 머리가 회귀 후 구름 한 점 없는 맑은 하늘이 된 건 익히 깨닫고 있었는데.

그 덕에 학년 학습도 쉽게 진도가 나간다고 생각했다. 어려웠던 수학 문제도 턱턱 풀고.

근데 190일 줄이야.

'이 정도면 회귀 보정을 받은 건가?'

미리 말하지만 난 나를 잘 안다.

내 머리는 결코 190이 나올 수 없다.

하지만 지금 난 IQ 190이었다.

다른 시절도 아닌 IQ 지수로 사람의 재능을 판별하는 시대에 툭 떨어진 190.

이게 알려지는 순간 국보급 인사로 치솟을 것이다.

'국보급이라니…… 내가?'

피식 웃음이 나왔다.

긍정의 웃음은 아니었다. 그런 아이가 나타났다 하는 순간 무슨 일이 벌어질까?

취재진과 방송국 놈들이 벌떼처럼 나타나겠지. 쫓기듯 인터뷰에 응하고 방송에 출연하고 그들 앞에서 도저히 불가능할 것 같은 문제를 풀어야 하겠지.

그로 인해 가뜩이나 어리석어지느라 바쁜 부모는 이리저리 휘둘리다 못해 뿌리까지 뽑힐 것이고 나는 나대로 끌려다니느라 마모될 것이다.

한바탕 바람이 지난 후엔 어떻게 해도 상처만 남을 테고 잘해도 본전, 못했다간 이것도 못 하냐는 질타에 난도질당할 것이다. 사람들에게 다가가지도 못하고.

이게 무슨 국보일까.

노리개지.

'일은 벌어졌고…….'

IQ 210 판정받았던 김웅영 아저씨가 어떤 삶을 택했는지 기억한다면 경거망동은 절대 금물이었다.

피가 싸늘히 식었다.

내가 원하던 그림을 한참을 넘어선 사건이라.

감격이든 그 감격을 가장한 미래 설계든 앞으로 닥칠 일을 생각한다면 조금의 방심도 용납할 수 없었다.

물어야 했다.

"아저씨."

"으응? 응? 말해라."

"지금 이거 누가 알아요?"

"그게…….”

눈알을 굴린다.

"솔직히 말해요. 나중에 밝혀질 거라면 숨겼다간 외면밖에 없을 테니까."

"으음, 그래. 그게 본사……에는 말했다. 그 외 다른 사람에게는 일절 말하지 않았다."

"교수님도요?"

"아, 그게……. 하루만 조용히 참아 달라 부탁했다."

"엠바고라 일단 잘하셨네요."

"응?"

"그런 게 있어요."

"어, 음……."

멀쑥한 조형만을 두고 얻은 정보를 나열해 봤다.

IQ 190, 일일학습 본사, 엠바고, 지천호 교수 그리고 앞으로 벌어질 일들.

내가 도망갈 곳은 어디에도 없었다.

"혹시 지금 본사에서 어떤 일이 벌어지고 있는지 알 수 있어요?"

"그야 전화해 보면 되지."

"얼른 전화해 보세요."

"알았다."

잠시 바깥으로 나갔다 돌아온 조형만은 얼굴이 상기된 채 돌아왔다.

"어떻게 됐어요?"

"사장이 출발했다고 카네."

"사장이 직접요? 여기로요?"

"그래."

발 빠르네.

"생각보다 스마트하네요."

"응?"

"그럼 아저씨는 일단 영업소로 가 사장님 맞을 준비부터 하세요."

"왜?"

"사장님이 우리 집을 아세요?"

"그야 모르지."

"서울에서 출발한 양반이 어디로 갈까요?"

"당연히……. 아! 알았다. 내 얼른 갔다 오께."

"예."

"기다리고 있어라. 어디 가지 말고. 알았제?"

"기다릴 테니까 어서 가세요. 안 그래도 지금 영업소로 전화 오고 난리가 났을 거예요. 아저씨 찾으려고."

"그, 그렇지. 내가 이럴 게 아이다. 얼른 가 봐야 될 것 같네."

부리나케 달려 나가든 말든 나는 우선 할머니를 진정시키는 데 시간을 할애했다.

할머니는 울고불고 세상 살며 받은 억울함을 이번에 다 해소시킬 것처럼 굴었지만, 지금은 1983년이었다.

신문과 방송에 나오는 말이 다 진짜인 줄 아는 시대.

어린이의 인권이란 여유 있을 때나 쳐주는 시대이기도 하고.

청와대에 사는 사람이 신과 동격인 시대였다.

곧 닥칠 강렬한 자극에 면역력이 없는 상태로 물결을 맞았다간 어떤 부작용이 생길지 몰랐다.

숨소리가 잦아질수록 난 앞으로 벌어질 일에 대한 주의 사항을 할머니의 머리에 주입시켰다.

무엇보다! 누구보다!

날 믿어야 한다는 걸 말이다.

"알았다. 오야. 걱정 마라. 이 할매는 이제 죽어도 여한이 없다. 내가 더 무슨 영광을 본다고 니를 거역할까. 할매는 걱정 마라. 뱃심 딱 붙들고 있을게."

그렇게 할머니의 정신 무장이 끝났을 즈음 조형만이 양복쟁이 세 명을 이끌고 집으로 왔다.

"야입니더. 대운아 어서 인사드려라. 우리 회사 사장님이시다."

굳이 소개해 주지 않아도 보는 순간 알았다.

두목이 누구인지.

눈 속에 든 갈망도.

"안녕하세요. 장대운입니다."

"그래, 나는 김영현이다. 만나서 반갑다. 애야."

내미는 남자의 손을 잡았다.

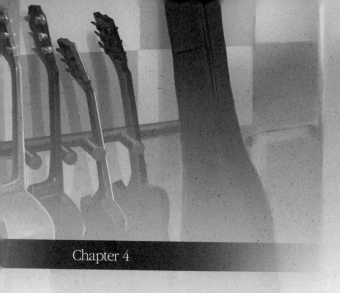

"단도직입적으로 말씀드리겠습니다. 대운이와 계약하고 싶습니다."

"계약이요?"

"대운이를 우리 일일학습의 간판으로 세우고 싶습니다. 대운이라면 충분히 그럴 자격이 있으니까요."

"간판이면……?"

"방송에도 나오고 신문에도 나오고 그래야지요."

"그럼 그 CF인가 그거 말입니꺼?"

"당연하죠. 우리 일일학습 간판인데 다 나가야죠."

"옴마야. 이게 무슨 일이고? 계약하면 진짜 방송에도 나가는 깁니꺼?"

"그럼요. 그래서 제가 직접 내려왔지 않습니까. 대운이와 함께 가고 싶어서요."

"세상에나~ 이 일을 우야믄 좋노."

방금까지 결의를 다지던 할머니가 아니었다. 몇 마디 던지지도 않았는데 물에 불린 미역처럼 흐늘거렸다.

큰 기대는 안 했다지만.

생각보다 심각하여 나도 살짝 불안해졌다.

서울에서 내려온 사장을 보았다.

다 된 밥을 본 얼굴이다.

이 시대, 특히 시장 바닥에서는 보기 힘든 멋진 정장에 포마드로 단정하게 올린 머리의 남자가 하필 또 서울에서 내려온 큰 기업의 사장님이란다.

껌뻑 죽는 건 비단 우리 할머니만의 문제는 아닐 것이다.

하지만 할머니는 그래도 나를 잊는 과오를 저지르시진 않으셨다.

두 발 다 넘어간 순간에도 이렇게 내 이름을 불러 주었다.

"대운아."

물론 얼른 시키는 대로 하자는 의미에 가까웠으나.

불러 준 것만도 할머니는 본인 몫을 다했다.

"대운아……?"

두세 번을 불러도 난 쳐다보지 않았다.

그저 생글생글 웃으며 김영현 사장을 볼 뿐.

눈치가 이상함을 깨달았는지 김영현 사장도 얼른 한 손 거들려 하였다.

그게 주도권을 쥘 방법이라 판단했겠지만, 그는 몰랐다. 이 순간이 바로 앞으로 이뤄질 진짜 거래의 시작임을.

"아아, 당연히 대운이 의견도 물어야죠. 대운아, 네 생각은 어떠니? 일일학습과 함께하면 이 아저씨가 TV도 나오게 하고 장학금도 줄 거야. 어때?"

생글생글.

"마음에 든다는 거니? 하하하하, 그렇지. 아이가 참 영특하네요. 어떠십니까? 저희와 계약하시렵니까?"

"대운아……."

생글생글

"……."

김영현은 내심 당황스러웠다. 무슨 애가 변화가 없다.

무조건 잡을 거라 판단했건만.

아이는 웃기만 하고 할머니는 어느새 안정을 찾아 아이만 바라보았다. 점점 불안해하는 눈빛으로.

웃는 게 웃는 게 아니라는 건가?

혹시 무슨 실수를 했나 되돌려 보았지만, 딱히 거슬리는 건 없었다. 지금 펼친 건 누가 뭐래도 선물에 가까웠으니까.

"……."

다시 아이를 보았다.

역시 웃고만 있었다. 할머니는 아이만 보고.

그나저나 부모는 어디에 있을까? 혹 할머니가 홀로 키우는 아이인가?

올 때 제반 사항 같은 걸 물어봤어야 했는데.

후회가 막심했다. 동시에 접근부터가 잘못됐음을 깨달을 수 있었다.

타겟팅이 잘못됐다.

어찌 된 건지 이 가정은 결정권이 보호자가 아닌 아이에게 있는 것 같았다.

"크음……."

"이제 좀 파악하신 듯하네요."

"……!"

"계약 얘기를 꺼내셨으니 계약서부터 주시죠. 검토 좀 하게."

말투부터 사무적이다.

이게 아이가 낼 수 있는 말투인가?

쏘아보는 듯한 눈길에 당황한 김영현이 머뭇대고 있을 때 정태식 부장이 비서실로부터 받아 온 계약서를 앞으로 내밀었다.

아이는 그걸 또 천연덕스레 잡고 읽었다. 보통 사람이라면 머리 아파 읽는 것조차 힘들어 할 법률 용어를 조곤조곤 잘도 짚어 댔다.

"으음, 이 정도면 딱히 독소 조항은 없네요. 의도가 순수한 건 알겠고……. 근데 왜 3년이죠? 계약금도 적혀 있지 않고, 이런 식이라면 이 자리에서 결정 보겠다는 건 아닌 것 같은데요."

"그건…… 크흠……. 일단 오해는 하지 말고. 소식을 듣자마자 내려오느라 준비가 미흡한 것뿐이다. 보다시피 계약하고 싶어서 온 거고."

"근데 동종업체랑 중복 계약해도 돼요?"

이게 무슨 소리?

"안 되지."

"그럼 왜 독점 항목이 없어요?"

"뭐? 잠시만."

김영현은 얼른 계약서를 받아 살펴보았다.

정말 어디에도 독점 항목이 없었다. 이런 실수를.

그러나 또 여기에서 논리에 질 수 없을 노릇이었다.

"그건 암묵적으로 통하는 거다."

"계약서에 암묵적인 게 어딨어요? 명시해야죠. 그럼 계약금도 대충 섭섭지 않게 주겠다 쓰실 거예요?"

"그건……."

"거봐요. 아니잖아요."

그러면서 그 고사리 같은 손으로 계약서 문구 한 곳을 슥슥 긋고 독점이라는 단어를 적는 것이었다.

기가 막히면서도 또 가슴이 서늘해졌다.

"기획사 계약도 아니고 독점 계약에 3년은 어렵고 1년으로 할게요. 그나저나 이 계약서 자체가 원천적으로 문제가 많네요. 독점에 대한 계약인지 모델에 대한 계약인지부터가 불분명해요. 계약금도 안 적혀 있고요. 우선 그것부터 정리해 주시죠."

바통을 툭 넘기는데 한 줌도 안 돼 보이던 아이가 왠지 2m 거한으로 보였다.

영락없는 아이건만 어째서 이런 압박감일까.

김영현은 당초 기재하려던 금액으로는 얘기가 안 될 것 같은 기분이 들었다. 눌렸다기보단 확신에 가까웠다. 저 아이는 자기의 가치를 잘 알고 있고 그것을 다룰 줄도 안다. 그렇게 판단하는 편이 다가가기에 훨씬 수월할 것 같았다.

그래서 적은 금액이 5백만 원.

생각한 금액의 정확히 다섯 배를 적고 계약 기간도 1년으로 고치고 독점 모델에 대한 계약으로 수정해서 내밀었다.

아이는 그걸 보고 또 계약금 명목을 선금 완납으로 바꾸고 기간을 다시 6개월로, 촬영은 하루 만에 끝내는 거로 하여 내밀었다.

이게 뭐지…….

"독점 모델을 원하시는 것 같길래 모델 계약으로 바꿨어요. 지금부터 6개월 내로 사용하시되 촬영은 하루에 한정하는 거로요. 아시다시피 저는 어리고 수시로 끌려다닐 순 없잖아요."

"허어……."

"싫으세요?"

"그럼 독점 계약은 뭐냐?"

"그 기간 동안 동종 업계와 계약하지 않는 거죠. 물론 독점 모델도 그 조항은 상통해요."

"그럼 독점 계약으로 맺으면?"

"광고 계약은 다시 맺어야겠죠. 설마 그동안 손만 빨고 있으란 건 아니시죠?"

뭐 이런 놈이 다 있나.

"설마 지금 되바라진 놈이라 욕하시는 건 아니죠? 왠지 그런 눈빛인데."

눈치도 겁나 빠르다.

"아니다. 네 말이 맞다. 계약은 정확해야지. 그래야 뒷말이 없지."

"역시 교육 사업을 하시는 분이라 다르시네요. 합리적이세요."

"좋다. 이제부터 딱 까놓고 가 보자. 난 너를 독점도 하고 싶고 모델로서도 쓰고 싶다. 어떻게 하면 좋겠냐?"

"전 아까부터 솔직했는데……. 어쨌든 우선 원하는 바를 이루시려면 6개월짜리 독점 모델로 추천할게요."

"왜?"

"똑같잖아요. 그 기간 동안 다른 회사와 계약 못 하는 건. 게다가 TV 광고도 6개월 보면 질려요. 효율이 안 좋죠."

그건 맞는 말이다. 하지만…….

"그럼 그 말은 1년 붙잡으려면 두 번 계약해라는 말 같은데?"

"아니죠. 6개월 써 보고 영~ 시원찮으면 안 해도 된다는 거죠. 서로 간편하게."

"……."

"괜히 거금 들였다 망하면 사장님만 손해잖아요. 전 합리적인 선에서 서로에게 윈윈이 되는 방법을 제시하는 거예요."

"……그렇군."

왠지 맞는 말이라 고개를 끄덕이는데 아이의 입가가 묘하게 올라가는 게 보였다. 불안하게.

"이 정도면 대승적 차원에서 서로 합의를 본 것 같고. 자, 이제 실질적인 협상에 돌입해 볼까요?"

"또 있어?"

"그럼요. 제일 중요한 건데요. 얼마 주실 거예요?"

"그건 적어 놨잖아."

"에이, 장난하세요? 절 쓰면서 겨우 5백이요? 난 워낙에 영망인 계약서라 예시로 써 놓은 줄 알았는데. 정말이세요?"

"얘가 정말…… 5백만 원이면 진짜 큰돈이야."

큰돈이긴 했다. 1980년과 2020년의 공무원 월급 차가 대략 20배인 걸 봤을 때 5백만 원은 1억 원에 달하는 가치였다. 실제로 따져보면 그보다 못할 수도 있지만 어쨌든.

그러나 난 방금 전까지도 3억 원을 발굴하러 다녔던 몸이었다. 앞으로 얼마나 큰돈을 벌지도 모르는 몸.

5백 따위에 움직일까.

그리고 김영현 사장은 아직도 자기 처지가 어떤지 깨닫지 못했다. 거미줄에 걸린 것도.

"남들한테 큰돈이라고 저에게까지 큰돈인 건 아니잖아요. 사장님이 버는 돈과 뒤에 계신 분들이 버는 돈이 다르듯 단위는 늘 상대적이에요. 모르세요?"

"그야…… 하아……. 그래 얼마를 원하냐? 얼마면 만족하겠는데?"

"2천이요."

"뭐?!"

김영현은 벌떡 일어날 듯 들썩였고 할머니는 자기 입을 틀어막았다. 뒤의 두 사람은 주먹을 쥐었다.

분위기가 급험악해졌으나 난 조금도 물러서지 않았다.

"왜들 놀라세요? 예쁘게 잘 봐준 금액인데. 현재 제 가치를 반영해서도 합리적이게."

"이게 정말 예쁘다 예쁘다 해 줬더니……."

으르렁

"그 말씀은 가히 듣기 좋지 않네요. 협상 결렬이면 그냥 돌아가시면 되잖아요. 왜 화를 내시죠?"

"버르장머리 없이……."

"경고 먼저 드릴게요. 여기에서 더 쓸데없는 말 하시면 정말 후회하실 거예요. 무조건 사장님한테 불리한 일이 벌어

질 테니까요. 그리고 까놓고 말해서 우리가 원한 자리가 아니
잖아요. 다짜고짜 찾아와서는 계약하자 했고 우린 값을 말했
죠. 사기 싫으면 가시면 되잖아요. 질척대지 말고."

"뭐라고?!"

손이 올라온다. 얼굴을 그 앞으로 가져다 댔다.

"때리시게요? 내일이면 대한민국을 발칵 뒤집을 아이를?"

"……!"

"참고로 내일이면 1천만 원 더 오를 거예요."

부들부들

"……."

당장에라도 귀퉁배기를 한 대 올려붙이고 싶었지만, 김영
현은 결국 손을 내렸다.

흥분해서 될 일이 아니었다. 우선 숨부터 돌리고 차분히
마음을 가라앉혔다.

속으로 되뇌었다. 눈앞에 있는 아이는 보통 아이가 아니
다. 곧 전국구 유명 인사가 될 것이다. 때렸다간 회사고 뭐고
난리가 날 것이다. 이 먼 대구까지 달려온 목적을 상기하자.

시간이 별로 없었다. 급한 건 자신이고 상대는 어린아이의
모습을 한 백 년 묵은 구렁이였다.

그제야 이 상황이 명확히 읽혔다. 지금 돌이킬 수 없는 실
수를 저질렀음을.

"아……."

떡하니 2천만 원을 부른 이유가 있었다.

'미친!!'

처음부터 계약하고 말고의 문제가 아니었다.

돈도 문제가 아니었다.

조건이 어떻든 자신은 무조건 잡아야 할 입장이었다. 갑은 이 아이였다.

아닌가? 이놈과 마주한 순간 이미 덫에 걸린 건가?

날아오를 일일학습을 상상했건만 반대로 이 아이가 앙심을 품고 해코지한다면? 방송 어딘가에 나와 일일학습은 무용지물이라 말한다면?

궤변이 아니었다. 이 아이는 실제로 몇 달 구독한 적도 있고 다니는 곳마다 어떻게 공부했냐고 묻는 사람들에게 많은 말을 하게 될 것이다.

'아뿔싸!'

"……."

"정말 계약하지 않으실 거예요?"

생글 웃는 저 낯짝이 이젠 사악해 보이기까지 한다.

어쩌다 제 발로 이런 악의 구렁텅이까지 오게 됐는지.

조형만을 보았다.

나 잘했지? 란 표정이다. 때려죽일 놈.

"조, 좋다. 네가 원하는 대로 계약하자. 대신 독점 계약으로 하겠다. 1년에 두 번 광고 계약도 맺고. 이 정도면 내 실수를 용서해 줄 거지?"

"호오, 그새 깨달으셨어요? 정말 스마트하신데요."

그새 깨달았냐니.

정정해야겠다. 사악한 게 아니다. 이놈은 악마다.

김영현은 하늘이 원망스러웠다.

이 중요한 때 어찌 이런 시련을 주시는지.

그러나 마음과는 달리 아이가 보는 앞에서 비서실에 전화를 걸 수밖에 없었다. 2천만 원을 꽂으라고.

아이는 권태로운 표정으로 새마을 뱅크에 전화 걸어 입금 사실을 확인했고 새롭게 만들어 올 1년 독점 계약에 서명하기로 각서를 써 줬다.

대신 배려라며 연 2회 광고 계약은 선택 사항이되 일 발당 1천5백으로 깎아 줬다.

기가 막혔다.

돈 백만 원에 호로록하러 왔다가 총 5천짜리 계약이 되었다.

기운이 쏙 빠졌다. 얼른 집에 가고 싶었다.

그런데 그마저도 스스로 선택할 수 없었다.

"어디 가시려고요? 아직 본론은 꺼내지도 않았는데."

"또…… 있어?"

이젠 겁부터 난다.

"당연히 있죠. 저를 믿고 투자하셨으니 사장님 사업에 도움이 돼 드려야 셈이 맞겠죠. 우리 할머니가 은혜를 입고 외면할 만큼 저를 막 키우시진 않으셨거든요."

아니다. 별로 필요 없다. 날 그만 놓아다오.

"요새 고민이 많지 않으세요? 경쟁사가 쓸데없이 커져 상
승세가 둔화한다든가. 그 학습지의 질이 예상보다 뛰어나 먹
힐 것 같은 기분이 들던가 말이죠."

깜짝 놀랐다.

"그걸 어떻게……."

"다 아는 방법이 있답니다. 제가 해결해 드려요? 제 손을
잡으면 좋은 일이 생길 것 같은데."

고사리 같은 손을 내민다.

안다. 저 손이 악마의 손이란 걸.

하지만 도저히 뿌리칠 수 없었다.

아아, 영혼을 저당 잡히는 자들이 이런 심정이던가. 젠장.

서울 사람들을 기다리는 세 시간,

할머니를 달래며 제일 고민한 것이 바로 이 부분이었다.

- 부르지도 않은 학습지 사장이 온다.

조형만과 연이 닿으며 어렴풋이 떠올린 그림이 진짜로 그

려지고 있었다.

결과가 나오자마자 이용하려 눈이 벌게진 놈들…….

그 의도야 너무 뻔했고 순간 쾌씸한 마음에 눈탱이나 칠까 했는데 생각이 진행될수록 가볍게 쳐내는 건 아니라는 느낌이 강하게 들었다.

그래서 최선은 뭘까?

참고로 일일학습은 90년대에 들어서며 대중의 시선에서 사라지게 된다.

프뢴벨, 몬텡소리, 아잉챌린지, 가벤……. 온갖 학습지들이 난무하는 90년대는 가히 춘추 전국 시대와 같았고 구습에 얽매인 일일학습은 피 튀기는 경쟁에서 이겨 내지 못했다.

그렇게 2000년대에 들어서며 우리나라 학습지 시장은 자본 빵빵한 3대장이 다 먹게 되는데 그들이 바로 대교 어깨높이랑 교원 검정펜, 웅진 아이빅이었다.

이걸 어떻게 아냐면,

젊었을 적 일일학습을 들고 서울·경기도 일대 영업을 다녀 본 자라서였다.

당시 일일학습은 거미줄처럼 가지고 있던 유통망을 다 잃고 그나마 있는 회원을 유지하기도 벅차했다.

'영업 사원도 겨우 열댓 명, 학습지 수준도 이미 개발해 놓은 걸 재탕하는 수준으로 최악. 나중에 대대적인 리뉴얼을 거쳤다는 건 들었는데 신통치 않았을 테고. 당연하잖아. 대가

리부터 잘라야지. 그놈들이 여전한데 뭐가 되겠어?'

그러나 방심은 금물이다.

현재는 독보적 1위. 우리 아버지와 같았다.

배고프지 않은 자가 바뀌길 바라는 건 차라리 하늘에서 별이 떨어지길 고대하는 것과 진배없었다.

그게 가장 큰 걸림돌이었다.

"갈수록 쪼그라들죠? 1등은 확실한데. 위기감에 머리가 쭈뼛 섰을 거예요. 왜냐하면 경쟁 학습지가 더 좋으니까요. 이걸 인지하지 못했다면 더는 할 말이 없고요."

다행인지 김영현 사장은 생각보다 머리가 잘 돌아갔다.

방만한 운영, 리더십의 부재, 비전의 고갈, 경쟁자의 약진 등등 면전에서 일일학습의 문제점이란 문제점을 나열함에도 일어나지 않았다.

물 흐르듯 컨설팅 제안을 했고 어떤 약속도 해 줬다.

지쳤는지 너털너털 돌아가긴 했는데.

어쨌든 나에게도 좋은 시간이었다.

미끼를 물든 말든 일단 2천은 땡겼으니까.

"하이고야, 이게 무슨 일이고? 우째 이런 일이 다 벌어지노."

털썩 주저앉는 할머니를 잡았다.

"할머니, 괜찮아요?"

"계약이고 무시고. 그기 정말이가? 정말 2천만 원 받았나?"

"받았어요."

"오메야……. 그 돈을 진짜 받은 기가?"

"그럼요. 새마을 뱅크에서 확인했잖아요."

"이게 꿈이가 생시가? 할매는 지금 심장이 막 터질 것 같다."

확실히 받아들이는 차이가 컸다.

나야 2020년대를 살다 온 영혼이라 돈 2천만 원이 조금만 움직여도 사라질 돈이라 생각할 수 있지만, 이 시대 2천만 원은 시장 옆 어설픈 주택 서너 채는 살 돈이었다.

일곱 살짜리는 절대로 만져 볼 수 없는 거금.

어쩔 줄 몰라 하는 할머니를 이해했고 꼬옥 안아 주었다.

"괜찮아요. 그냥 돈일 뿐이잖아요."

"대운아, 니는 겁 안 나나? 할매는 손이 다 떨린다."

"겁 안 나요. 할매가 옆에 있는데 왜 겁을 내요."

"……그, 긋나?"

"그럼요. 난 할매만 옆에 있으면 돼요. 백 명이 몰려와도 하나도 겁 안 나요."

"대운아~ 하이고 내 새끼."

"그러니까 할머니도 너무 놀라지 마세요. 우리 어떻게 안 돼요."

다시 안아 주니 얼마 지나지 않아 할머니도 마음을 진정시켰다.

"맞다. 내가 이럴 게 아니지. 우리 대운이도 이렇게 의젓한데 할매가 돼서 휘둘려서 되겠나? 대운아, 걱정 마라. 앞으로는 누가 뭐라든 니 말만 들을게."

"걱정 안 해요. 할매는 하고 싶은 거 다 해도 돼요. 내가 다 해 드릴게요."

"하이고, 대운아~."

또 포옥 안는데 밖에서 누가 소리쳤다.

"보소. 할매요. 안에 있능교?"

문을 열었더니 주인아주머니였다. 우리 집은 다섯 세대가 한데 뭉쳐 사는 달세 집이었다. 화장실이 하나에 아침이면 전쟁이 터지는.

주인집만 다이얼을 돌리는 블랙 전화기가 한 대 있었다. 부의 상징.

"전화 왔심더. 거 무시기 대학교수라 카던데예. 대운이나 할매 있으면 좀 바까 달라고 캐서."

"교수님이요?"

얼른 가서 받았더니 내일 12시까지 학교로 오란다.

기자 회견 잡았다고.

IQ 190이라.

어차피 알려질 일이고 또 어설프게 언론에 나갔다간 곤욕을 치를 수 있다며 차라리 학교에서 하는 게 나을 거라고.

1에서 10까지 다 맞는 얘기였다.

대학 연구실에서 생애 첫 기자 회견이라.

데뷔 무대론 최상이 아닌가.

감사함을 표했고 따르기로 했다.

돌아와서도 정말 잘한 결정이라 고개를 끄덕이는데 할머니도 무슨 결심을 했는지 비장한 표정으로 잠깐 나갔다 오겠다며 신을 신으셨다.

나로서도 생각을 정리할 시간이 필요했던 터라 우리 집은 곧 적막에 휩싸였다.

◇ ◆ ◇

"사장님……?"

"……."

서울로 올라가는 차 안, 이상훈 과장과 정태식 부장은 출발 때부터 심각한 표정으로 창밖만 내다보는 사장 때문에 안절부절못했다.

이게 뭔가 싶었다.

무슨 일이 벌어진다 싶더니 돈이 훅 나가고 '어어~' 하는 순간 쫓겨나듯 뛰쳐나왔다.

일이백도 아니고 자그마치 2천만 원이었다.

무슨 일인지 사장은 그 큰돈을 쾌척했고 돈을 썼음에도 뼈가 다 발라질 정도로 심한 독설을 들었다.

그때는 나서지 못했지만……

이제라도 뭔가 해야 할 것 같은 정태식 부장은 침통한 표정의 사장에게 말을 계속 걸었다.

"사장님……. 지금이라도 돌아가 돈을 회수할까요?"

"응?"

"그 돈 말입니다. 너무 큰돈이니 가서 돌려받아……."

"그게 무슨 소리야! 지금 제정신이야?! 회사를 망하게 할
생각이야?!"

들입다 터지는 호통에 정태식 부장은 찔끔 고개부터 움츠
렸다. 운전하는 이상훈 과장은 절대로 뒤돌아보지 않겠다는
듯 시선을 정면에 고정시켰다.

"사, 사장님."

"행여나 절대 안 돼. 지금 상황이 어떻게 돌아가는데 걔를
건드려. 정 부장, 정말 아무것도 몰라?!"

"그, 그게……."

쩔쩔매는 정 부장을 보는데.

김영현은 치미는 울화에 차에서 뛰어내리고픈 충동까지
들었다.

저런 것들을 믿고 이제껏 사업한다 뛰어다녔다니.

억장이 다 무너진다.

"모르면 닥치고 올라가기나 해. 나 지금 생각하는 거 안
보여?!"

"아, 예. 죄송합니다. 조용히 있겠습니다. 죄송합니다."

"어후, 정말~ 그놈의 정만 아니면."

뼈아팠다. 지금도 심장이 결릴 만큼 너무도 아팠다.

그 조그만 입에서 나오는 말 한마디 한마디가 급소를 찔렀고 맹독처럼 퍼져 나갔다.

반박 하나 못 했다. 이미 잘 아는 바였고 틀린 말이 하나도 없었으니까.

몇 배나 더 나이 먹은 놈이, 그걸 업으로 삼은 놈이, 등신처럼 샌드백이 돼 얻어터졌다. 피투성이가 되어 쫓겨날 때까지.

분명 치욕적인데.

'왜 이다지도 시원할까.'

죽을 것처럼 아픈 가운데 시원함이 맑은 물에 떨어진 먹처럼 퍼져 갔다.

덕분에 현재 포지션이 명확히 보였고 약점이 어떤지도 정확히 인식됐다.

그래서 더 미간이 찌푸려졌다.

도대체 어떻게 된 녀석일까.

'겨우 일곱 살인데……'

이 손에서 2천이나 강탈해 가고도 모자라 1억을 더 들고 오라 했다. 살려 주겠다고.

보통이라면 무시했겠지만.

절대로 무시해선 안 될 것 같은 예감이 들었다. 마주한 내내 낱낱이 해체되는 자신을 봤고 아무리 부정해도 방법이 없었다.

문제는 1억이나 쓸 가치가 있냐는 건데.

그 괴물 같은 놈은 이 부분에 대해서도 명확히 짚어 줬다.

- 걱정하지 마세요. 컨설팅이 무익하면 5년간 10원 한 장도 안 받고 독점 계약을 맺어 줄게요. 광고 출연도 3회 무료. 다만 이렇게도 생각해 보시라는 거예요. 만일 이 순간 사장님의 선택에 의해 일일학습의 미래가 결정된다면 어떻게 하시겠어요? 노노, 이건 절대 위협이 아니에요. 진짜 미래. 10년, 20년 후의 일일학습을 말하는 거예요. 미래를 생각해 보세요. 어때요? 이래도 1억 원이 아까우세요?

안 아깝다.

성공만 보장된다면 1억이 무슨 대순가? 10억도 쏜다.

그래서 더 이 상황이 너무 어색했다.

'홀린 것도 아니고⋯⋯.'

IQ 190 정도 되면 사람을 막 조종하고 그런 거 아닌가?

또 그런 생각을 하는 스스로가 한심하면서도 그 자리에서 확답을 주지 못한 이유가 단지 두려움 때문이었다는 게 수치스러웠다.

'이 내가⋯⋯ 이 김영현이가 고작 일곱 살짜리한테 겁먹었다고?'

두 주먹으로 대한민국 최고의 학습지를 이룩해 낸 이 몸이.

지금도 원 펀치면 쓰리강냉이는 문제없는 이 주먹이.

허리도 안 오는 아이를 두려워한다?

아니라고 부정해 봤지만.

소용없었다.

이미 알고 있었다.

졌음을.

"후우……."

"……."

"……."

"정 부장."

"네넵! 사장님."

잔뜩 기합이 들어 대답하는 정 부장을 보는데 피식 웃음이
나왔다.

답답이라도 이래서 이 사람을 못 놓는다.

"올라가면 계약서부터 작성해서 내려보내. 아까 얘기한 내
용, 토씨 하나 틀리지 말고."

"알겠습니다. 확실하게 해 놓겠습니다."

"이 과장."

"넵."

"내일 한 번 더 내려가야겠어. 내려간 김에 며칠 지내며 동
태 좀 살펴봐."

"동태라면……요?"

"무슨 일이 벌어지는지 곁에서 지켜보라고. 걔가 어떻게

하는지 말이야."

"알겠습니다. 목숨을 걸고 해내겠습니다."

"목숨까지는……."

일단 이것으로 만족하기로 했다.

자존심이 무너졌지만, 충성을 다하는 부하가 있으니까.

하나씩 할 일부터 하다 보면 가타부타 결론이 날 거라 믿었다.

그 마음을 아는지 경부선을 달리는 자동차도 엔진음을 크게 냈다.

◇ ◆ ◇

"자네는 제정신이가?! 언제까지 그러고 다닐 생각인가!!"

위엄에 찬 할머니의 호통이 농심 체인지 슈퍼를 울렸다.

난데없이 혼난 아버지는 갑자기 이러는 장모님을 이해하지 못하고 얼떨떨해했다.

"제가 뭘……?"

"그 사장 소리 듣는 게 그리 좋더나?"

"아아, 그게……."

"그거 좀 안 듣고 살면 죽나? 그 사장 소리가 뭔데 가정 다 내팽개치고 술만 푸러 다니노? 밤잠 못 자고 번 돈을! 술집 년들에게 다 퍼 주냐는 말이다."

"……."

133

"자네, 내가 대운이 데리고 있는 거 알제?"

"……압니더."

"가 보기에 안 부끄럽나? 가가 언제까지 자네 찾으러 술집을 돌아다녀야 하는데. 가가 일곱 살인 거 모르나?"

"면목 없습니더."

조용히 고개 숙이는 아버지를 두고 이번엔 어머니를 봤다.

"내사마 따로 가정 차리면 참견하는 게 아니라 가만히 두고 있었더만 개판도 이런 개판이 없다. 이년아, 내가 니 때려서 키웠나?!"

"엄마……."

"내가 니 한 대라도 때렸냐고?!"

"그건 아닌데……. 내가 잘못했다. 다시는 안 그럴게."

"그런 귀한 아가 뭘 그리 잘못했다고 때려! 이 모진 년아. 대운이 울리고 잠이 오더나? 이 나쁜 년아!"

"아이다. 이제는 절대 안 한다. 다시는…… 내 다시는 안 때릴 끼다."

납작 엎드리는 어머니를 두고서도 할머니는 분함을 참지 못하고 계속 씩씩댔다. 처음 듣는 말에 어머니를 바라보는 아버지의 눈이 희번덕거렸다.

할머니가 그걸 발견하고 한마디 더 던졌다.

"와?! 싸울라고? 자네도 그런 눈으로 볼 자격이 없다! 한 달이 넘게 데리고 있었는데 한 번이라도 찾아와 봤나? 자식보다 술이 좋은 사람이 누굴 째려보는데?! 자네한테 대운이가 중요하기는 하나? 내 말이 틀렸어?!"

"아입니더. 죄송합니더. 어무이."

"어무이라고 부르지도 마라. 둘 다 때려 쥑일 수도 없고…… 하아……. 내 분해서 참을 수가 없다. 이 말을 하러 온 건 아닌데…… 어떻게 그 귀한 아를 막 다룰 수 있노…… 흐흐흑."

감정이 격해지자 결국 눈물을 흘리는 할머니를 보고 두 사람은 더욱 고개를 숙였다.

"……."

"……."

"……잘 들어라. 내가 이제는 도저히 안 되겠다 싶어 찾아왔다. 돌아가는 상황을 보니 자네나 저 가스나나 계속 이렇게 살다간 사람들한테 돌 맞아 죽기 딱 알맞다. 느그들 지금 무슨 일이 벌어지는지도 모르제?"

"예?"

"엄마, 대운이한테 무슨 일 있나?"

"암 그렇지. 모르는 게 당연할 끼지. 아비는 지금도 술 푸러 나갈 생각에 바쁘고 어미는 아는 내팽개치고 돈 버는 데만 혈안이고. 이런 부모 밑에서 어찌 그런 아가 나왔는고. 얄궂데이. 참으로 얄궂데이."

"어무이, 지금 무슨 말을 하시는교? 대운이한테 무슨 일이 생겼습니꺼?"

"궁금하기는 하나?"

"그게……."

"이 꼬라지 봐라. 동네 사람들도 다 아는데 부모만 모른다. 이, 이, 이것들을 정말!"

어디 몽둥이라도 있으면 휘두를 듯 할머니의 분노가 격해졌다.

영문을 모르는 아버지와 어머니는 답답한지 표정이 어색해졌다.

"대운이 IQ가 190이란다. 이 썩을 것들아! 방금 서울 사람들이 내려와 돈을 2천만 원이나 주고 갔다. 내일 대학교로 가 기자 회견도 한단다. 니들 이제 우쨀래?!"

"예?!"

"엄마, 지금 뭐라는 기고?"

"계속 이렇게 살면 느그 다 죽는다고! 이 쪼다들아!"

차근차근 얘기가 시작됐다.

지난 한 달 넘게 봐온 나 장대운의 스토리가.

그렇게 그날 저녁 우리 가족은 다시 모였다.

물론 내가 다시 농심 체인지 슈퍼로 간 건 아니었다. 그냥 그렇게 됐다는 거다. 그냥 그렇게 되었다고.

◇ ◆ ◇

기자 회견은 오후 1시였다.

택시 타고 12시 정각에 칼같이 도착한 할머니와 나는 어수선한 분위기 속에서 지천호 교수를 만날 수 있었다. 조교 김은실도 역시.

그들에게서 주의 사항을 들었다.

기자와 인터뷰를 하게 될 텐데 솔직하게 대답하면 된다고. 혹여나 모르는 건 대답 안 해도 된다고.

긴장은 교수가 더 하는 것 같았지만 알겠다고 대답했다. 나도 사실 보는 입장에서 받는 입장이 된 건 처음이라 살짝 떨리긴 했는데 말이다.

오후 1시가 됐고.

소강당으로 이동하니 열댓 명이 와 있었다. 그중 반은 카메라로 구도 잡느라 바빴고 자리에 착석해 메모 준비를 하는 이는 다섯. 나머지는 삐딱하게 서서 구경꾼처럼 서 있었다.

생각보다 초라한 무대였다.

하지만 흥분한 지천호 교수는 자기가 주인공인 것마냥 설레발을 떨었다.

앞으로 우리 대한민국의 위상을 올릴 인재가 대구에서 출현했고 그 인재를 우리 경북대학교가 발굴했다고 공을 내세웠다.

"소개합니다. IQ 190의 세계적인 천재. 장대운 어린이입니다."

스윽 단상으로 나서니 기자들이 카메라 플래시를 터트렸다.

눈도 못 뜨는 나를 두고 마구 나불댔다.

"그 말이 정말입니꺼? 야 IQ가 190이란 거."

"190이면 대체 얼만 한 거고?"

"이 쬐매난 아가 그렇게 머리가 좋다고예?"

흥분한 몇몇이 단상에 올라올 듯 굴기도 했다.

지천호 교수는 그들을 진정시키고 일단 IQ 190이 어떤 의미인지 차트로 설명하는 시간을 가졌다. 질문 시간은 이후 갖겠다고.

지휘봉으로 이리 가리키고 저리 가리키고 다들 정신은 없었지만 하나는 확실히 인지한 듯했다.

눈앞 저 작은 어린아이가 인류란 지성의 제일 꼭대기에 위치했다는 걸.

그때부터 나이가 몇 살이고 지금 학력 수준이 어디이고 언제부터 천재성이 나타났는지 지금 어디에 살고 있고 양친은 안녕하시고 꿈이 뭐고 등등등 폭풍 같은 질문이 쏟아졌다.

지천호 교수와 함께 IQ 인증서를 든 사진도 찍었다. 그 와중 조형만이 온 걸 발견했으나 그는 이 자리에 끼질 못했다.

실망하는 표정이 역력.

이해했다.

시작은 자신인데 영광은 지천호 교수가 다 가져갔다. 그렇다고 어제 개털린 일일학습 본사에서는 좋은 소리도 안 나올 테고…….

계획과 다른 현실은 늘 이렇게 사람을 비참하게 만든다. 그래서 돌아올 때는 IQ 인증서, 꽃다발과 함께 조형만의 차를

콕 집어 타고 왔다. 쥐꼬리만 하더라도 아직 유대감이 있다는
걸 확인해 주듯.

어쨌든 오늘 하루 뭔가 큰일이 벌어진 듯싶었는데 막상 돌
아오니 아침에 떠날 때와 별반 다를 게 없었다.

집은 여전히 방 한 칸짜리 달세방이었고 밥이라도 하려면
성냥개비로 석유곤로를 열 받게 해야 했다.

할머니가 음료수라도 사러 간 사이 한숨 쉬는 조형만에게
다가갔다.

"괜찮아요?"

"⋯⋯행사는 잘 끝났대."

자조적인 음성이었다. 이제는 팽당할 일만 남은 강아지의
운명처럼.

바람을 넣어 줬다.

"아니죠. 이제 시작이죠."

"으응? 뭐가?"

"뭐긴 뭐예요. 이제부터 보상의 시간을 가질 텐데."

"보상?"

"아저씨가 절 발굴하면서 그렸던 계획이 있을 거 아니에요.
아무것도 없는 아이한테 돈을 10만 원이나 쓴 이유 말이에요."

"그야⋯⋯."

"말씀해 보세요. 가능한 한 그 이상의 값이 되게 해 볼게요."

"그 말⋯⋯ 정말인가?"

동아줄을 내려온 것처럼 눈에 희망이 올라온다.

"이 시점에 굳이 공갈칠 이유가 없잖아요. 아저씨가 도와준 건 사실이니까. 덕분에 제 통장에 돈도 제법 생겼고요."

"하긴……."

"요 이틀 섭섭했죠? 중심에서 밀려난 기분도 들고. 안 그래요?"

"다 봤나?"

"너무 티 나서 할매도 알 걸요."

"흠흠, 그건……."

"그냥 말씀해 보세요. 할매 오기 전에."

"……알았다. 내 속에 걸 다 꺼내면 되제?"

"네."

"실은 내가……."

조형만의 이야기가 흘러나왔다.

듣다 보니 약간 투머치적인 성격이 있었지만 대충 요약해보면 일일학습에서 빛을 보고 싶다는 것이었다. 조금 더 확장하면 교육산업에서 이름을 좀 날리고 싶은 거고.

"결국 현재 시점에선 김영현 사장님에게 필요한 사람이 먼저 돼야겠네요."

"그……렇지."

"알았어요. 고민해 볼게요. 다만 거저 준다는 건 아니에요. 기회만 드릴 뿐이에요. 알죠? 이게 무슨 뜻인지."

"안다. 기회만 도고. 내 무슨 짓을 해서든 잡을게."

"알겠어요. 이제 저 좀 쉴게요. 피곤하네요."

"알았다. 암 쉬어야지. 기자들에게 그리 시달렸는데. 내는 이만 갈게. 잘 좀 부탁한데이. 대운아."

행여나 심기가 거슬릴까 얼른 나가는 조형만을 보는데 안쓰러우면서도 이런 게 가지지 못한 자의 인생이 아니겠나 싶었다. 내가 그랬고 나중을 살아가는 청년들이 그랬던 것처럼.

그러다 정신이 번쩍 들었다.

"가만…… 내가 이럴 게 아니지. 무슨 일이 벌어질지도 모르는데 누가 누굴 챙기겠다고. 내일이면 당장 사람들이 몰려올 텐데."

일단 최악을 상정해야 했다. 지금이나 미래나 특종을 향한 기자들의 행태는 다를 바 없었고 사람 하나 갈리는 건 일도 아니었다.

하지만.

그 노력이 무색하게 다음 날이 돼서도 달라지는 건 하나도 없었다. 우르르 몰려올 거라는 걱정과는 달리 그 흔한 강아지 한 마리도 지나가지 않았다.

이게 뭔지…….

이튿날이면 달라질까 했지만.

다음 날도 어제와 같았다.

이쯤 되니 IQ 190도 별거 아닌가란 생각이 들고.

다음 날 눈 뜨니 밖이 너무 시끄러웠다.

그냥 문을 열었을 뿐이었다.

"어! 열렸다!!"

"쟤야?!"

"장대운이다!"

"카메라 들어!"

전면에 가득~했다.

마당으로 가는 길목 빽빽이 기자들로 인산인해.

그들이 금덩이를 본 것처럼 달려왔다.

깜짝 놀라 얼른 문부터 걸어 잠갔다.

"얘야, 네가 장대운이지? 맞지?"

"IQ 190이라고 하던데. 얘야, 잠깐만 나와라. 사진 좀 찍자."

"뭐 하냐?! 어른들이 기다리는데. 빨리 나와라. 사진 찍자."

"야! 얼른 나와!"

몇 번 무시했더니 윽박지르기 시작한다.

미친 것들.

열었다간 정말 무슨 꼴을 당할까 싶어 더욱 꽉 잠갔다.

그러자 이번엔 문을 부술 듯 두드렸다.

쾅쾅쾅쾅

이것들이 정말 기자인지 폭력배인지.

잠그고 또 잠그고 그것도 모자라 끈으로 묶어 걸었다. 이 문이 열렸다간 구둣발에 짓밟힐 것이다.

얼마쯤 버텼나?

밖에서 어떤 소란이 일었다.

"지금 이기 뭐 하는 깁니꺼?! 왜 거기서 소리쳐요?! 그렇게 소리치면 아가 무서워하잖아요. 당신들은 당신 아새끼한테도 그리 소리칩니꺼?!"

"당신은 뭔데 나서요?"

"누구든 말든. 깡패 새끼들도 아니고 남의 집에서 소리는 왜 치고 문은 왜 치고 지랄이야?! 거기 아주매요. 경찰 좀 부르소. 이 사람들 안 되겠네. 안 나가나! 빨리 안 나가! 이 씨벌 새끼들이 카메라고 뭐고 다 뿌싸뿌야 정신 차릴 끼가!"

막 몸으로 밀쳤다.

밀리면서도 기자들은 버텼다.

"아니, 이 사람이 지금 우리가 누군 줄 알고."

"내가 니를 알아야 해?! 이 새꺄, 아 하나 두고 어른 수십이 달려드는데 그걸 가만히 보고 있어?! 니도 내 주먹에 함 맞아 볼래?!"

조형만이었다. 창문으로 살짝 내다보니 조형만이 기자들을 우격다짐으로 밀어내는 중이었다.

가히 일당백.

희한하게도 그 등이 무척 듬직했다. 물론 이게 의도된 정의감인지 모르겠지만, 적어도 눈도장 하나만큼은 확실히 찍은 듯.

결국 기자들을 마당까지 몰아낸 조형만이 문에 대고 말했다.

"괜찮나? 대운아."

"아저씨, 오셨어요?"

"목소리 들으니 괜찮구나. 봉변도 이 무슨 봉변인지. 뭐 필요한 거 없나?"

"우선 지천호 교수님을 불러 주세요."

"지천호 교수?"

멈칫한다.

"교통정리를 해야 할 것 같아요."

"교통정리……면 알았다. 그런 건 내가 하기 힘들지. 부를게. 부르면 즉각 달려올 끼다."

"고마워요."

"무슨…… 니가 내 도와준다 안 캤어도 이런 걸 두고 보면 어른이 아니지. 나오지 말고 딱 있어라. 근데 할매는 어디 가셨나?"

"몰라요. 일어나 보니 안 계시더라고요."

"알았다. 조금만 기다리라. 내 금방 전화 넣고 올게."

조형만은 5분도 안 돼 돌아와 장판교에 선 장비처럼 문 앞을 막아섰고 다시 30분이 안 돼 지천호 교수가 도착해 기자들을 정리했다.

그렇게 한참 지난 후에야 난 조형만의 호종을 받으며 마당으로 나갈 수 있었다.

"장대운이다!"

"어서 찍어!"

몇몇이 설레발 떨긴 했지만.

대다수가 움직이지 않는 걸 보니 잘 부른 모양이다.

마당엔 찍기 좋은 배경을 두고 큰 의자가 하나 놓여 있었고 조형만이 나를 들어앉히고 옆에 섰다.

눈앞이 또 가득~했다.

읽히는 숫자만 얼추 마흔 명.

무슨 일이 있나 담 넘어 고개를 빼꼼 내민 동네 사람들이 보였다. 그들 사이에서 김영현 사장과 같이 내려온 이 과장이라는 사람도 보였다.

"대운아, 좀 과격한 면이 있지만 다 너를 보러 전국 각지에서 온 사람들이다. 마음 풀고 인사부터 하거라."

조심히 판을 깔아 주는 지천호 교수이나 그건 그거고 나는 이미 배알이 꼴릴 대로 꼴린 상태다.

나는 일곱 살.

더 어리광부려도 된다.

"교수님, 원래 이렇게 하면 안 되는 거 아니에요?"

"으응? 그게 무슨 얘기고?"

"부모님이 이렇게 가르쳐 주셨어요. 잘못했으면 사과해야 한다고요. 막 소리치고 남의 집 문을 부수려고 한 거 잘못 아니에요? 얼마나 무서웠는지 몰라요. 그런데도 저 아저씨들은 잘못한 얼굴이 아니에요. 교수님, 제가 잘못 배운 건가요?"

"그건…… 허어……. 정말이가? 이 사람들이 막 소리치고 문도 부수려고 했어?"

"형만이 아저씨가 안 오셨으면 문이 다 부서졌을 거예요."

"뭐라?!"

지천호 교수도 그제야 화가 올라오는지 한마디 던졌다.

"당신들이 그러고도 기자야?! 이런 조그만 아이한테 어디할 게 없어서 윽박지르고 폭력을 써!"

"저 아저씨, 저 아저씨, 저기에서부터 저기까지 아저씨들이 전부 그랬어요. 문을 마구 때리며 소리쳤어요. 빨리 안 나오냐고. 막 큰소리로요."

갑자기 호명된 기자들은 깜짝 놀라 아니라고 부인했으나 카메라가 돌아가자 얼른 얼굴부터 가렸다.

그들은 결국 쫓겨났다.

다른 기자들도 분위기가 좋지 않자 하나둘 사과하기 시작했다.

"미안하다. 아저씨는 그러지 않았지만 말리지를 못했어."

"그래, 나도 미안하다. 조용히 얘기해도 될 걸 지켜만 봤구나."

"어른이 돼서 못난 모습을 보였구나. 이제부터 차례를 지킬 테니 좀 봐주겠니?"

사과하지 않고 조용히 있는 이들도 있었으나 더 건드렸다간 나도 괘씸죄를 받을 수 있어 이쯤에서 멈췄다.

물론 사과 안 한 자들은 따로 봐 뒀다.

쟤들은 인터뷰에서 제외.

"알았어요. 부모님이 사과하면 받아 주라고도 가르쳐 주셨으니 받아 줄게요."

"그래, 아주 착하구나."

"고맙다."

"아저씨가 미안해."

"자자, 인터뷰를 시작합시다. 어제 했던 공통 질문 목록이 있으니 누가 대표로 질문해 주시고 나머지는 언론사당 하나씩 할당하는 거로 하겠습니다."

선을 긋는 지천호 교수에 기자들은 아쉬워했지만, 여기에서 더 나섰다간 어린이 혹사 논란도 일 수 있으니 기자들도 더 욕심부리지 않았다.

당연히 난 공통 질문 후 사과한 기자들과만 따로 불러 인터뷰했고 그 외는 피곤하다며 방으로 들어가 버렸다.

닭 쫓던 개가 된 기자들은 대신 동네 아주머니들을 공략했는데 오히려 실질 인터뷰보다 더 만족해했다. 그들의 입에서 전해진 이야기는 내 입으로 전달되는 것보다 훨씬 더 자극적이고 전설적이었으니까.

어쨌든 겨우 한숨 돌렸다고 생각했는데.

이 일이 또 대한민국을 질문의 소용돌이로 던져 버릴 만큼 큰 이슈가 될 줄은 몰랐다.

9시 뉴스에서 이 날의 일을 사건으로 다뤄 버린 것이다.

"……."

처음 타이틀은 좋았다.

IQ 190에 달하는 세계적인 천재가 대한민국에서 태어났고 그 능력이 가히 타의 추종을 불가하다는 것.

하지만 취재하면서 벌어진 일들……. 소리치고 문 두드리고 '무서웠어요'란 내 인터뷰가 교차 편집되어 나갔고 사람들은 믿기지 않은 사실에 경악했다.

그리고 절정은 내가 가리킨 이들의 얼굴이 방송을 탄 것. 어느 신문사인지 로고마저 그대로 나가버렸다.

사과 하나 받자고 한 일인데.

너무 커졌다.

전통적으로 '언론' 하면 신문이 최고인 시대라.

방송 기자들을 두고 '저런 것들도 기자냐'라며 신문 기자들이 대놓고 무시했을 때였다.

10년만 지나도 완전히 역전될 위치였지만 울분에 쌓인 방송 기자들은 엿이나 먹어 보라며 뉴스에 올렸고 그 파장은 신문 기자와 방송 기자의 대결 구도가 돼 버렸다.

그 덕에 난 천재적인 머리보다 악질 취재의 피해자로서 더 이름이 알려지게 됐는데.

하여간 지랄들을 하고 있었다.

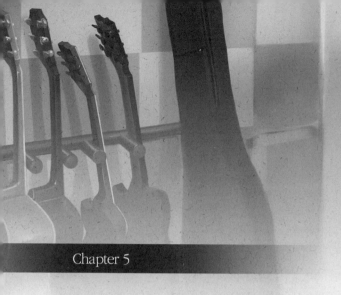

Chapter 5

[자랑스러운 칠성동의 아들. IQ 190의 천재 장대운을 환영합니다.

칠성동 동장 김 아무개]

다음 날 아침에 깨어 보니 집 앞에 현수막이 걸려 있었다.

사물놀이패가 뛰어다니며 온 동네를 꽹과리 소리로 흔들어 대고 이렇게 많은 사람이 우리 동네에 살았나 싶을 만큼 골목이 꽉 찼다.

잠시 모습이라도 비칠라치면 이름을 부르고 소리치고 난리가 아니었다.

할 수 없이 집으로 들어가 가만히 TV나 보는데 아버지, 어머니, 할머니 인터뷰 영상이 나왔다.

저분들은 또 언제?

다음 날이 되니 칠성동 동장이 몇몇 사람들과 꽃다발을 들고 와 온갖 친한 척을 하고는 사진을 찍어 갔다. IQ 인증서는 반드시 첨부돼야 할 목록이었고 나의 옅은 미소는 감칠맛의 MSG였다.

그렇게 한바탕 홍역을 치르고 점심나절엔 북구 구청장이 수행원들과 왔다. 그 양반도 칠성동 동장이 하는 짓을 답습했고.

어둑해지는 저녁이 되자 이번엔 대구시장이 와서 똑같은 짓을 벌였다.

어째 국회의원은 안 온다 싶다.

그 양반은 감이 떨어지는지 코빼기도 보이지 않았는데…….

안 와서 좋긴 했는데…….

이게 또 은근 사람 무시하나 싶어 섭섭했다. 쓸모없는 배불뚝이 주제에 말이다.

어쨌든 날이 갈수록 찾아오는 사람들이 많아졌다.

그들의 입에 오르내릴수록 난 일개 천재에서 초능력자가 되어 갔고 어느새 신격화되어 전설을 써 내려갔다.

덩달아 내가 사는 집은 신비와 모험이 가득한 판타지 월드가 됐고 아이를 키우는 엄마라면 반드시 한 번 들려야 할 성소가 되었다. 그리고 내 몸은 제주도의 돌하르방처럼 아이의 두뇌 발달을 위해 반드시 만져야 할 부적이 됐다.

"역사 이래로 우리 칠성동에 이런 경사가 있었나? 난 전무후무하다고 본다."

"맞습니더. 행님. 요새 우리 칠성동의 위상이 하늘을 찌른다 아입니꺼. 침산동 새끼들이 얼매나 부러워하는데예. 내사 마 살다 살다 이런 일은 처음 봅니더."

"맞다. 잘 보거라. 이기 바로 영광인 기라. 대운이가 우리 동을 위해 얼매나 이바지한지 알겠제?"

"암예. 두 눈 똑디 잘 봤습니더."

"그러니까 이제부터 우리가 해야 할 일은 대운이를 보호해야 한다는 기다. 이상한 놈들이 해코지 못하게 우리가 우리 보물을 지켜야지 않겠나?"

"옳소. 행님 말이 맞습니더. 이제부터 내도 허튼짓하는 놈 없나 잘 살피겠습니더."

"오야. 가자."

동뿔이 잔뜩 들어찬 사람들도 생겼고 이 일이 영원할 것처럼 설레발 떨며 다들 의욕에 찼다지만.

바람이 언제 온종일 분 적 있던가?

일주일이 지나자 한여름 물 안 준 대파처럼 시들해졌고 찾아오는 이도 점점 줄어들어 골목도, 사람들의 흥분도, 슬슬 안정권을 찾아가기 시작했다.

그때야 비로소 밖으로 나올 수 있었고 가장 먼저 한 일이 바로 이것이었다.

"저 현수막부터 좀 떼 줘요."

이만큼 이용당해 줬으면 됐다.

대문짝만하게 걸린 내 얼굴은 그렇다 치더라도 칠성동 동장의 얼굴은 뭔지.

사다리 타고 올라가는 조형만은 그래도 아쉬운지 머뭇댔다.

"쪼매만 더 놔두면 안 되나?"

"왜요?"

"자랑스럽잖아."

"아저씨가 왜 웅장해져요?"

"난 좋기만 한데."

"골목 좀 봐요. 아무도 안 오죠? 맞아요. 아무것도 아닌 일이에요. 대응 안 하고 버티니까 이렇게 수그러들잖아요. 이런 것에 휘둘리면 아무것도 못 해요."

"그런가?"

언제 그랬냐는 듯 골목엔 아무도 없었다.

이틀 전만 해도 발 디딜 틈도 없었는데.

"그렇긴…… 하네. 섭섭하게."

"아쉬워요?"

"그렇지. 꿈결 같다."

"그럼 내년에 또 즐겨요."

"으응?"

다들 다시는 이런 일이 생기지 않을 거라 말했지만, 또 생긴다.

성격도 다르고 기간도 훨씬 짧았지만, 내년 84년엔 LA 올림픽 개최되고 유도 금메달리스트의 본가가 우리 집에서 고작 200m도 떨어져 있었다.

그때도 꽹과리 울리고 사람들이 우르르 몰려갔던 걸 봤다. 나도 달려갔으니까. 그 양반도 나처럼 집에서 두문불출했다.

"흐음……."

그건 그렇고.

"소나기는 지나갔고."

나도 이제 슬슬 움직일 때였다.

방 안에 널린 명함들을 봤다. 모두 기자와 PD들이 인터뷰 요청과 자기 프로그램에 출연해 달라고 놓고 간 것들이다. 그 명함을 보며 누구를 떠올렸다.

"안 온다 이거지? 날 띄엄띄엄 본 모양이야. 그렇게 대가리 굴리면 어떤 일이 일어나는지 보여 줘야겠어."

장장 열흘에 달하는 장기 출장에서 돌아온 이상훈 과장은 이제야 겨우 삶이 제자리를 찾아가나 싶었다.

아침 8시 30분까지 출근하고 제시간에 퇴근하고.

야근이 있다 해도 좋고 그 바람에 또 모여서 회식도 하고 곱창집에서 기울이는 소주가 얼마나 그리웠는지 모른다.

출근이 설레기까지 하였다.

미선도 완료했으니.

할 일도 다 했다.

아침부터 그 아이 집 인근에서 서성이며 일어난 일들을 적고 사진도 찍고 다 정리해 회사에 올려 보냈으니까.

이 정도 했으면 자신 있게 문을 열어도 된다.

"안녕하십니까!"

"어, 이 과장."

정태식 부장이 환한 웃음으로 다가왔다.

100% 칭찬일 것이다. 수고했다고.

하지만 그 입에서 나오는 말은 이상훈 과장의 기대와는 너무 달랐다.

"왜 이렇게 늦었어?!"

"예?"

"기다렸잖아. 빨리 가방 내려놓고 따라와."

"아……. 아, 예."

사장실로 데려가고 있었다.

여긴 왜?

보고서는 미리미리 우편으로 보냈는데.

들어가니 사장이 앉아 있었다.

"오오, 이 과장. 어서 와."

"사장님, 안녕하십니까?!"

"활기차서 좋군. 여기 앉으라고."

"넵."

앉자마자 차가 나오고 겨우 한숨을 돌리자마자 사장이 입을 뗐다.

"자네도 알다시피 내가 지난 일주일간 일본엘 다녀왔잖아."

"아…… 그렇습니까?"

"정 부장, 얘기 안 해 줬나?"

"초반엔 일이 너무 바쁘게 흘러갔고 며칠이 지나서는 굳이 알릴 필요가 있나 싶어 놔뒀습니다. 보고가 꾸준히 올라왔으니까요. 이 과장, 사장님은 어젯밤에 돌아오셨네."

"아아……. 예."

"뭐 그럴 수도 있겠지. 미리 말하지만, 일본에 시장조사를 하느라 자세한 얘기를 듣지 못했네. 오늘 이 과장을 부른 건 직접 눈으로 겪은 생생한 경험담을 듣고 싶어서야. 얘기해 줄 수 있지?"

"다, 당연합니다. 보고서를 올리긴 했지만, 기억은 그대로 있습니다."

"좋아. 들어 보지."

쳐다보는 두 사람의 눈길이 심히 부담스럽긴 했지만, 이상훈 과장은 아랫배에 힘을 딱 줬다.

어차피 일의 전후좌우를 본 사람은 아무도 없었다. 즉 이 자리는 자신이 갑이었다.

"첫날은 아무 일도 없이 흘러갔습니다. 둘째 날도 그랬죠. 헌데 셋째 날부터 상황이 달라집니다. 수십 명의 기자가 몰려왔고 소리치고 문 두드리고 뉴스에 나왔던 것처럼 분위기가 살벌했죠. 대운이는 무서워 벌벌 떨었습니다. 어른인 저도 겁이 덜컥 나던데 아이야 어땠을까요……."

보고가 진행될수록 김영현 사장은 주먹을 꽉 쥐었다.

일본에서 본 내용과 같았다.

IQ 190의 탄생은 일본에서도 충격이었고 당연히 중점적으로 다뤘다.

하지만 그중에서도 더더욱 자세히 다룬 건 한국 기자들의 야만스러운 행동이었다. 겁먹은 장대운의 표정이 클로즈업되어 일본 전역으로 퍼져 나갔다.

괴롭힘당하는 천재라고.

그럴 바엔 일본에서 키우자고.

"가장 튄 몇몇이 쫓겨났습니다. 기자들도 찔끔했는지 사과하라는 말에 다 사과를 하더란 말입니다. 그 사과를 다 받고 나서야 인터뷰를 시작했죠. 다음 날부터는 동장부터 시장은 물론이고 대구에 산다는 사람이란 사람은 죄다 몰려왔고 잔치가 벌어졌……."

"자, 잠깐."

"네?"

"방금 뭐라고 했지?"

갑자기 정지시키는 김영현 사장이 의문이었지만 이상훈 과장은 그가 원하는 대로 했다.

"그야 잔치가 벌어지고⋯⋯."

"아니, 그거 말고 그 앞으로."

"동장, 구청장, 시장이 다 왔고 그 이전에는 기자들의 사과를 받았죠."

"사과를 받았다고?! 누구에게?"

"기자들에게요."

"기자들한테 사과받았다고?"

"예."

"정말 그놈들이 사과했어?"

"예, 제가 옆에서 똑똑히 봤습니다. 아! 그리고 보니 사과 안 한 기자는 나중에 개인 인터뷰도 못 했어요. 피곤하다면서 들어가 버렸거든요."

아아, 이런 일이 있었다니.

이런 건 어디에도 나오지 않았다.

이것이야말로 현장에 있어야만 알 수 있는 알짜 정보였다.

"그놈들이 사과했단 말이지? 그 말이 정말이지?"

"넵."

김영현 사장은 일일학습이 성장함에 따라 기자들과 자주

대면하였다. 그때마다 느꼈던 건 기자치고 오만하지 않은 자가 없고 사람 깔아보지 않은 자가 없다는 것이었다.

겸손한 사람은 한 번도 본 적 없었다.

자기가 가진 힘이 무엇인지 잘 아는 족속들…….

죽이는 데 특화된 놈들.

심심풀이로 쓴 몇 줄 기사에 경찰이 움직이고 행정력이 움직인다.

이 시대에 공권력과 싸워 이길 사람이 있을까?

인맥도 깊어 앙심 품고 조져 버리면 답이 없었다. 억울하다고 되돌릴 수도 없었고 설사 이기더라도 쪼그만 정정 기사한 줄이면 끝.

'그런 놈들이 사과했다고?'

솔직히 일본에서 돌아오자마자 2천만 원부터 회수하려 했다. 아무런 계약도 하지 않았으니 착오였다며 돌려 달라 한들무에 대수일까.

받아 낼 자신도 있었고 함부로 입 놀리지 못하게 겁 좀 주면 끝날 거라 생각했다.

어린 애니까.

'내 판단이 틀렸던가?'

곱씹을수록 뭔가에 당한 느낌이라.

다음 날 계약하려던 것을 막은 이유도 바로 그 때문이었다. 마침 일본 일정도 잡혀 있던 때라 사태를 지켜보다 차후 일을 결정할 셈이었는데 거기에서도 겁먹은 얼굴만 노상 봤다.

확신했다. 상대는 괴물이 아니라 툭 치면 울어 버릴 어린 애라고.

지금 이 자리는 그 확신을 확인할 마지막 매듭이었는데,

등골이 싸늘해졌다.

'그 겁먹은 표정이 의도된 거라면?'

그것도 모르고 돈을 회수했다가 그놈이 앙심을 품고 미친 짓을 해 버리면?

그 오만한 기자들마저 두 손 두 발 다 들게 한 수단으로 일일학습을 공격한다면?

"!!!"

엿 된다.

겁먹은 표정과 자신을 요리하던 괴물.

전혀 매치되지 않았다.

전혀 별개의 사람이었다.

"내가 지금 무슨 짓을 하려고 한 거야?"

말 한마디라도 잘못 던지는 순간 2천이 대수고 1억이 대수일까.

10억이라도 주고 막아야 할 판에.

"내가 미쳤지. 그게 뭐라고 아까워서."

이럴 시간이 없었다.

당장 내려가야 했다.

"정 부장."

"네."

"당장 계약서 준비해."

"독점 계약서요?"

"그것도 그렇고 그 컨설팅인가 뭔가도 있잖아!"

"그건 없는데……요."

"아씨! 그럼 있는 거라도 챙겨 얼른. 10분 준다. 빨리 움직여! 바로 내려간다."

◇ ◆ ◇

"여기 장대운 씨라고 계십니까?"

낯선 사람의 물음에 골목 평상에서 콩나물을 다듬던 땡땡이 원피스 아주머니가 흘깃 쳐다봤다.

"옴마나, 아저씨도 대운이 보러 왔어예? 아직 10시도 안 됐는데……. 하긴 띄엄띄엄 이긴 해도 지금도 보러 오는 사람이 있긴 있으니까."

"예?"

"근데 서울에서 왔어예? 서울말 같은데."

"아예, 그렇습니다."

"하이고야. 그래서 피부가 뽀야니 예뻤나 보네. 손도 깨끗하고. 호호호호호."

"이 가스나가. 사람 길 묻는데 무슨 추파고!"

보다 못한 파마머리 아주머니가 나섰다.

"언니는 말도 못합니꺼?!"

"시끄럽고. 대운이 찾아왔어예?"

"아, 네."

"저기 저 귀퉁이 골목 보입니꺼?"

손가락으로 가리킨 곳에 두 사람이 간신히 지나갈 만한 작은 골목이 있었다.

"거 첫 번째 집에 삽니더. 드가자마자 오른쪽으로 몇 발짝 올라가면 빨간 문이 나온다 아입니꺼. 거기가 대운이 집이라예."

"아예, 감사합니다."

"하이고, 인사도 부드러우니 듣기 좋네."

"니는 좀 조용히 해라. 영도 아빠 들으면 우짤라고 그 카노."

"들으라 카소. 있으나 마나 한 서방. 하나도 안 무섭다."

"조용 좀 해라. 가스나야."

"와?! 내가 내 입 가꼬 말도 못하나!"

티격태격하는 아주머니를 두고 남자는 서둘러 골목으로 향했다.

하수도가 바로 밑을 지나가는 골목 안, 녹이 잔뜩 슨 대문을 여니 손바닥만 한 마당이 하나 나왔다.

"여긴가 보네. 형님, 여깁니다."

"그래?"

찾아온 이는 한 명이 아니었다. 뒤에 선글라스를 낀 남자
가 한 명 더 따라붙었다.

두 사람은 곧장 오른쪽으로 가 빨간 문을 발견하곤 문을 두
드렸다.

"장대운 씨 계십니까?"

문이 열렸고 조그만 아이가 하나 나왔다.

"누구신데요?"

"여기가 장대운 씨 집이니?"

"장대운 씨는 모르고 장대운은 살아요."

"……?"

"제가 장대운이에요. 아저씨들은 누구세요?"

"네가 장대운이라고?"

"재한아, 잠깐만."

뒤에 있던 남자가 앞으로 나오며 선글라스를 벗었다.

와우, 이 사람이 왜 여기에?

"네가 정말 장대운이라는 사람이니?"

선글라스를 벗은 남자는 말을 하면서도 현타가 오는지 한
숨을 푹푹 내쉬었다.

일본 공연을 끝내고 얼마 만에 돌아왔던가.

며칠 휴가라 제일 좋아하는 김치찌개에다 마음 놓고 소주
한잔 하려 했는데…… 실제로 3병쯤 마셨던가? 매니저 유재
한이 데모 테이프라고 하나 가지고 왔다.

모처럼 기분 좋은 여유라 한 곡, 한 곡 성심껏 들어 줬는데 가창자가 어린 목소리인 걸 빼놓고는 제법 괜찮은 멜로디였다. 술맛도 좋고 휴식도 즐겁고 다 좋았다.

그렇게 6번째 트랙이 도는 순간.

벌떡 일어나고야 말았다.

"이 곡 만든 사람 어딨어?"

그 길로 대구로 왔다.

그런데 애라고?

"얘야, 아저씨가 지금 무척 진지해. 정말 네가 장대운이니?"

"제가 장대운인 건 동네 사람들이 다 알아요. 장. 대. 운. 맞습니다."

"허어……."

거하게 헛발질한 모양이었다.

이럴 시간에 소주 한 잔이라도 더 마셨다면.

씁쓸한 기분에 몸을 돌리려 했는데.

"그냥 가시게요?"

아이가 붙잡는다.

사인해 달라는 걸까?

웬만하면 해 주겠지만.

너무 지쳤다.

"아니다. 미안하다. 잘못 찾아온 것……."

"노래 더 듣고 싶지 않으세요?"

우뚝

"뭐……라고?"

"노래 듣고 오신 거 아니에요?"

"……."

"노래 더 있어요."

설마…….

정말 말도 안 되는 가정이 머릿속을 지나갔다.

"노래가 더 있다고?"

"예."

"정말 너야?"

"들어오시죠. 할 얘기가 많을 것 같은데."

홀린 듯 끌려들어 갔다.

단칸방이었다. 악기도 하나 없는 흔한 사글셋방.

한쪽 귀퉁이엔 희한하게도 신문지가 두툼하게 쌓여 있었다.

"할매가 안 계셔서 드릴 게 없네요. 어떻게 물이라도 드릴
까요?"

"어어, 그래."

쟁반 위에 물 두 컵을 내오는 아이도 여느 아이와 다를 게
없었다.

평범한 아이.

정말 이 아이가 곡을 쓴 건가?

물을 내준 아이는 눈을 반짝이며 곁에 앉았다.

"그래, 어디에서 오신 거예요?"

말투가…….

"어, 그게…… 서울에서 왔다."

"킁킁, 술 냄새도 나고 외투만 살짝 걸치신 걸 보니 제 노래를 듣자마자 바로 내려온 것 같은데. 혹시 이제야 듣게 된 이유를 알 수 있을까요?"

"그건……. 아니, 그걸 어떻게?"

"몇 개 보냈거든요. 여러 음반사에다가."

이 일을 설명하려면 열흘 전으로 돌아가야 했다.

할머니 내복 사러 시장에 갔다가 괜한 향수에 빠져 예전 다녔던 국민학교까지 탐방, 돌아오는 길에 만난 피아노 교습소 하나.

모차르트의 터키 행진곡에 이끌려 나도 모르게 들어갔던 곳에서 유레카를 외쳤다.

소설보다 훨씬 더 즉각적이고 효율적인 돈벌이가 이곳에 있었다. 그렇지 않아도 다음으로 준비하던 작품이 엔터물이었는데…….

그 자료들이 생생히 기억나며 막막했던 퍼즐이 한꺼번에 풀렸다.

으으으…….

전율의 도가니라고 해야 하나?

물론 여기에도 난관은 있었다.

평생 동안 나는 피아노 근처에 가 본 적이 없었다.

혼한 기타도 가지고 놀지 않았고 기껏해야 국민학교 시절 하모니카 분 게 전부.

음린이였다. 젠장.

이걸 대체 어떻게 풀어야 하나 헤매고 있을 때.

하늘에서 내려온 천사같이 원장이 무슨 일이냐며 다가왔다.

또 라운드 블라우스에 검은색 단정한 치마, 예쁘게 화장한 아주머니 뒤로 보였던 건 카세트 플레이어.

딜을 걸었다.

내가 불러 준 대로 피아노를 쳐 줄 수 있겠느냐?

처음엔 코웃음 친 나의 뮤즈도 빳빳한 세종대왕 다섯 장 앞에선 얌전히 피아노 앞에 앉았고 그래서 녹음한 것이 바로 조용길이 들고 온 데모 테이프였다.

전화번호부를 뒤져 음반회사에 보냈는데 IQ 190의 태풍에 잠시 잊었다.

"노래 좋죠?"

"......"

목록 봐라.

안 좋은 게 이상하다.

이은아 - 사랑도 못 해 본 사람은

두마음 - 갯바위

정소라 - 도시의 거리

이진한 - 인생은 미완성

조용길 - 어제 오늘 그리고

조용길 - 그대여

81년 2월 첫 방송을 탄 이래 90년대 중반까지 대한민국 음악계의 바로미터가 된 가요톱텐 85년도 1위 곡이라.

"아직도 얼타세요?"

"······."

"······."

"······."

"흐음······."

어쩐지 보따리를 더 풀어야 할 것 같아 1번 트랙부터 쭉 불러 줬다.

특히 '어제 오늘 그리고'는 심혈을 기울여서.

"기적 소리처럼 멀리 흩어져 간 사랑아······ 우린 이 순간도 멀어지고 있구나······."

록과 포크가 절묘하게 섞인, 특히나 심오한 노랫말로 유명한 이 노래가 바로 내 앞에 앉아 심하게 얼타는 남자의 노래였다.

대한민국 가요사를 이끈 거성.

헌정 사상 최고의 가수이자 가장 영향력 있는 가수, 가요대상 최다 수상자, 20세기 최고의 가수로 불리는 남자.

170도 안 되는 이 조그만 양반이 앞으로 2020년까지 해 놓을 업적과 수식언은 입 밖으로 꺼내는 것조차 입 아플 정도다.

영원한 가왕.

조용길.

리즈 시절의 그가 지금 미끼를 거하게 문 채 내 손에 잡혀 있었다.

"나, 난……."

"절 모르시는 걸 보니 한국에 안 계셨나 보네요. 이제야 절 찾아온 것도 그렇고……. 혹시 일본에 계셨어요?"

"어? 어, 그래."

일본에 있었구나.

조용길은 일본인이 가장 사랑하는 한국 가수이기도 했다.

일본과 한국을 자주 오가며 공연했고 일본에서만 앨범 누적 판매가 6백만 장이 넘어갔다는 얘기도 들었다.

"난…… 네가 이렇게 어릴 줄은 몰랐다."

"우리 집 찾을 때 동네 사람들이 뭐라 얘기 안 해 줬어요? 우리 집은 그냥은 못 찾는데."

"이름을 막 부르긴 했지. 난 그저 그게 좀 알려진 사람인가 보다 했다."

"많이 알려지긴 했죠."

한쪽에 쌓아 둔 신문을 가져와 펼쳐 줬다.

뭔가 하던 조용길도 대문짝만하게 찍힌 사진과 타이틀을

보곤 두 눈을 휘둥그레, 나를 번갈아 봤고 어느새 입을 떡 벌리며 경악해 하였다.

나는 태연한 표정으로 IQ 인증서를 펼쳐 줬다.

"자, 이제 제가 보여 드릴 건 다 보여 드린 것 같네요. 노래도 해 드렸고 이래도 믿지 못하신다면 더는 방법이 없어요."

"형님······."

매니저가 격동하는 조용길을 잡았다.

그제야 정신이 드는지 그가 나를 다시 쳐다보았다.

"후우······후우······. 난 네가 이 정도인 줄은······ 아니, 우선 미안하다. 정말 전혀 예상 못 했다."

사과부터 하는 게 마음에 들었다.

"이해해요. 절 보면 누구나 그러시죠."

"너 정말 대단하다. IQ가 190이라고?"

"자주 겪는 놀람이죠. 대단하다는 말은 더 많이 듣고요."

너무 뻔뻔했는지 자기 입을 막는다.

"너······ 되게 솔직하구나."

"겸손이 부족했나요? 잘난 척은 아니에요. 인정할 건 인정해야 일을 하기 편하니까요. 제가 절 숨기면 아저씨가 어떻게 절 찾겠어요?"

"······그러네. 이것도 그럼 내 실수가 맞다. 작곡가를 찾아와 놓고 어리다고 무시해서는 안 되는 거였어."

스마트하기까지.

점점 마음에 들었다.

긴장이 풀리는지 조용길도 슬슬 자기 얘기를 꺼냈다.

"사실 좀 충격이었다. 일본 공연에서 돌아와 잘 쉬고 있는데 여기 재한이가 들어 보라며 틀어 준 데모 테이프에서 어렴풋이 그리던 멜로디가 나왔거든. 이 대한민국에서 날 놀라게할 사람이 또 있구나 하고."

"……!"

나도 놀라웠다.

'어렴풋이'라니.

지금 한창 4집 활동에 바쁠 텐데. 조금 빨리 나간다고 해도5집일 텐데.

내가 준 건 7집 타이틀이었다.

이 아저씨가 갑자기 무서워졌다.

"진짜 보고 싶었다. 나랑 비슷한 악상을 가진 사람이 또 있을 줄은 몰랐거든."

"맞아. 이 형님이 그 좋아하는 술도 끊고 바로 달려온 거야. 술 중간에 끊는 거 되게 싫어하는데."

"……그런가요?"

다른 곡도 많았는데 조용길은 '어제 오늘 그리고' 외엔 눈에 차지도 않는지 그 얘기만 계속했다.

이래서 가왕인가.

고개를 끄덕이는데.

조용길이 또 자기 머리를 쥐어뜯었다.

"그러면 이제 어떻게 해야 하지? 어떻게 해야 맞지? 난 이런 경우는 생각해 보지 않았는데. 이러면 안 되는데. 이러면 되게 복잡해지는데."

힘들어했다.

"왜 그러세요?"

"아니 그게……. 하아…… 완전히 꼬였다."

"뭣 때문에요?"

"그게…… 사실대로 말하면 널 데리고 가고 싶었거든. 같이 음악 하고 싶어서 여기까지 온 거라고."

엥?

날 데려갈 생각이었다고?

"네가 이렇게 어릴 줄은 꿈에도 몰랐다. 하아……. 작곡가가 너라니……. 어! 그럼 가사는? 설마 가사도 네가 쓴 거야?!"

"노래도 불렀잖아요. 싱어송라이터."

"싱어송라이터? 허어, 젠장, 이러면 더 욕심나잖아. 재한아, 어떻게 하면 좋겠냐?"

"저도 그게……. 아니, 그런 곡에, 그런 가사를 두고 누가 어린 애를 생각했겠어요? 일단 부모라도 만나 보죠. 우리끼리는 답이 안 나올 것 같은데요."

"그렇지. 그게 순서겠지?"

그러든 말든.

난 지금 누가 내 뒤통수를 후려갈긴 것 같은 기분이었다.

서울이라니.

전혀 생각해 보지 못했다.

왜 그걸 생각하지 못했을까? 일일학습도 있고 가는 김에 눌러앉으면 될 일인데.

'그러네. 정말 그러네.'

대구도 직할시지만 인프라는 서울이었다.

자그마치 대한민국의 수도 아닌가.

인적 물적 모든 역량이 대구랑은 비교도 할 수 없었다.

'그래, 그랬어. 이 사람들이라면.'

두 사람을 보았다.

맨땅에 헤딩도 아니고 음악가로서 길이 열리는 이때 조용길 같은 인사가 곁에서 도와준다면 무서울 게 없었다.

계산이 서자마자 떡밥을 더 던졌다.

"으음, 아저씨와의 음악적 콜라보라. 왠지 구미가 당기는 제안이네요. 이러면 저도 보따리를 더 풀 수밖에 없겠어요."

"으웅? 갑자기 그게 무슨… 얘기니?"

"노래가 더 있다고요."

85년 청년층들을 겨냥한 7집이 대박 나자 조용길은 장년층을 달래기 위해 부랴부랴 8집을 또 발표한다.

그중에 추려 세 곡을 불러 줬다.

허공, 킬리만자로의 표범, 그 겨울의 찻집.

인트로만 나와도 비명부터 지르는 곡들이 일곱 살 먹은 어린아이의 입에서 흘러나오자 조용길은 그대로 주저앉았다.

그 눈에 절대로 물러설 수 없다는 의지가 들어찼다.

옳거니.

그 감동을, 그 여운을 즐길 새도 없이 문이 열리며 할머니가 돌아왔다.

"누꼬? 누가 왔노?"

이 한마디에 조용길과 매니저 유재한은 과자 훔쳐 먹다 걸린 사람처럼 벌떡 일어나 할머니를 맞았다.

평소 음악을 사랑하는 할머니는 그녀의 취향답게 단번에 조용길을 알아보았다.

"오메야, 이게 누꼬?! 세상에 조용길 씨가 우째 우리 집엘 다……."

"아, 그게……."

"할매, 저 보러 오신 거예요."

"긋나? 하긴 그렇지. 우리 대운이가 좀 똑똑하나. 하이고, 내 정신 좀 봐. 뭐 마실 거라도 드릴까예?"

"아닙니다. 아닙니다. 물 마셨습니다."

"물 가꼬 되겠습니꺼. 귀한 분 오셨는데. 내 얼른 밖에 가서 주스라도 사 올께예."

잡아도 뿌리치는 할머니를 강제할 수단은 없었다.

조용길은 입을 다물었고 유재한도, 나 역시 그랬다. 생각

175

할 시간도 필요했고.

할머니는 금방 돌아왔다.

90대 년대까지 최고의 물통으로 쓰이던 훼미리 주스를 사 온 걸 보니 조용길이 대단하긴 대단한 모양이었다. 아닌가? 할머니는 나훈하 팬인데…….

어쨌든 나도 그 덕에 귀한 오렌지 주스 맛을 봤다.

하지만 할머니의 등장이 좋은 방향으로 흐른다는 뜻은 아 니었다.

단지 존재하는 것만도 진도를 방해했다. 아무리 기다려도 무어라 말을 꺼내는 이가 없었고.

할머니는 영문을 모르고 조용길은 차마 일곱 살짜리를 데 리고 가겠다는 말을 못 꺼냈다.

결국 또 내가 나서야 했다.

"할매."

"왜?"

"이 아저씨가 나 서울로 데리고 가고 싶다는데…….

"뭐?!"

할머니의 눈초리가 심상치 않아지자 조용길이 얼른 두 손 을 들었다.

"아니, 그게 아니라 이게 어떻게 된 거냐면요."

당황한 그 손을 잡아 줬다. 횡설수설은 좋지 않으니까.

"제가 설명할게요. 그래도 되죠?"

"어, 그, 그래."

"할매, 이게 어떻게 된 거냐면……."

자초지종을 설명해 줬다.

조용길은 재능 있는 작곡가가 여기에 있는 줄 알고 내려왔다가 날 만난 것뿐이라고.

"대운아, 니 노래도 만들 줄 아나?"

"당연하죠. 서울에서 큰 가수가 스카우트하러 올 정도인데요."

"스카우트?"

"뽑으러 온 거라고요."

"하아…… 참나. 이번엔 또 서울이가?"

"예."

손주 말이 정말입니까?란 눈길을 조용길한테 보낸다.

8집 타이틀까지 들은 조용길은 진지한 표정으로 끄덕였고 할머니는 다시 한숨을 내쉬었다.

"지천호 교수님이 앞으로 니한테 무슨 일이 벌어질지 모르니까 마음 단단히 무라고 신신당부하더니만."

"예?"

"니가 일찍이 본 적 없는 천재라 감당이 안 되는 일이 생길지 모른다 캤다. 법만 잘 지키면 일단 끼어들지 말고 놔두라고. 다 알아서 할 끼라고."

안 보는 사이 별말을 다 한 모양이다.

"근데 할매도 지천호 교수님과 생각이 같다. 소학교도 안 나와가 니를 우째 가르칠 끼고. 저번에 서울에서 온 사장님도 껌뻑 죽고. ……마. 다 좋다. 그래, 대운이 니 생각은 어떤데?"

"저야 가면 좋죠. 더 큰 세상이잖아요."

"더 큰 세상?"

"대구 바닥보다는 훨씬 크잖아요. 서울인데."

"더 큰 세상이라……. 정말 그러네."

조금은 지친 표정에서 살짝 호의적인 눈빛이 나왔다.

반짝.

자식을 위해서라면 기러기 아빠라도 마다치 않는 대한민국 아버지의 근성이 할머니의 얼굴에 겹쳐졌다.

사실 대구도 할머니의 고향은 아니었다. 진짜 고향은 부산.

그러니까 이곳이 뭐라고 아이의 앞길을 막을까. 맹자 어메도 자식 교육 때문에 이사를 세 번이나 갔다던데.

표정에 각오가 들어찼다.

손주만 잘 된다면 어디든 가도 상관없다.

하지만 현실은 또 현실.

"서울은 무지하게 넓다 카던데. 고개 잘못 돌리면 코도 베 이간다고 카고……."

"아이고, 안 그렇습니다. 거기도 사람 사는 곳입니다."

천부당만부당이라고 손짓하는 조용길이었다.

"그래예?"

미심쩍은 눈으로 조용길을 보자 더 강조했다.

"그럼요. 아주 살기 좋습니다. 교육도 잘 돼 있고요. 대운이 내년에 학교 들어가야 하잖아요."

"학교……."

학교라면 확실히 대구보단 서울이 더 좋을 것이다.

할머니가 흔들리자 조용길은 얼른 파고들었다.

"그럼요. 말은 제주도로 보내고 사람은 서울로 보내랬다고. 서울만큼 교육이 좋은 곳이 또 어디 있겠습니까? 대운이 같은 아이는 최고의 석학들이 모인 서울에서 공부해야 합니다. 안 그렇습니까?"

"하긴…… 공부시킬려고 일부러 서울에 보내는 판에. 그래, 다 좋은데……. 대운아, 가믄 우리 뭐 먹고 사노? 살 집도 구해야 하는데 좀 어렵지 않겠나?"

"할매, 나 돈 많다. 아파트 한 채 사서 들어가면 된다."

2천만 원이면 못 갈 곳이 없다.

"아이고, 그건 걱정 마십시오. 제가 다 구해 놓겠습니다."

"조용길 씨가 왜 우리 집을……요?"

"제가 불러서 서울에 가는 건데요. 그리고 대운이가 써 준 곡도 제가 살 거거든요. 그 돈이면 생활도 문제없을 겁니다. 암요. 당연하죠."

이후로도 많은 이야기가 오갔지만, 서울행은 단번에 끝날 사안이 아니었다.

일단 긍정적으로 검토하겠다 하여 조용길 일행을 돌려보냈다.

부모님과 상의하는 것도 있고 터전을 옮기는 것도 그렇고 염두에 둘 부분도 많으니 이 자리에서 결정하기 어렵다는 것이었는데.

조용길도 동의하는지 순순히 물러났다. 너무 늦지 않게 연락해 달라고 신신당부하며.

할머니는 연신 한숨을 쉬셨다.

IQ 190의 폭풍도 겪은 분이건만 대중의 우상이 찾아온 건 또 다른 실감이었던 모양.

"대운아."

"예."

"니 정말 서울 갈 끼가?"

"괜찮은 제안이라 생각하고 있어요."

"흐음, 내도 괜찮은 것 같긴 하다. 우리 대운이 교육도 있고……. 내도 가는 게 맞다고 보는데. 섣불리 다리가 안 움직여진다."

"걱정이 많으시겠죠. 왜 걱정이 안 되겠어요."

"대운이 니도 걱정 되나?"

공통점을 찾으려는지 할머니의 얼굴이 가까이 다가왔다.

"제 걱정은 오직 할머니죠. 가서 적응 못 하시면 어떻게 하나 하고요."

"내가?"

다시 얼굴을 뒤로 물린다.

"할머니는 진취적인 여성이잖아요. 바깥 활동을 하셔야 하는데 서울은 친구도 없고 막막하잖아요."

"흐음, 그거 말고 니 걱정을 해야지. 할매 걱정은 와 하노."

"제 걱정은 안 돼요. 누가 저한테 덤비겠어요? 저 장대운이에요."

알통을 보여 줬다.

"으음, 그건 맞제. 누가 우리 손주한테 까불겠노. 근데 아무리 그래도 딴따라는 좀 아니지 않겠나? 대운이 니는 나중에 박사도 될 수 있고 판사도 될 수 있다 아이가."

이거였구나.

계속 찌뿌둥했던 이유.

'......'

그나저나 딴따라라니.

하긴 지금은 딴따라가 맞다.

뮤지션이니 아티스트니 하는 말은 다 딴따라의 위상이 높아지며 생긴 말들이니까.

2020년도가 되면 그 딴따라가 되기 위해 연습생만 10만에, 지망생까지 합치면 100만이 달하고 그 딴따라가 세계 탑도 먹고 별일이 다 벌어지지만.

지금은 누가 가수 한다고 나서면 집안에 큰일 나는 줄 알았다. 머리채 뜯기고 싹둑 잘리고 호적에서 판다고 하고…….
그 딴따라의 노래를 듣고 감동하고 좋아하면서도 말이다.

설득의 시간이었다.

"할매. 할매는 내가 명예로운 자리에 앉았으면 좋겠나 봐요."

"그……렇지. 명예로운 거 좋지."

"명예로운 자리라면 판사나 변호사, 박사, 의사 정도가 되는 거고요?"

"맞다. 우리 대운이라면 충분히 될 수 있다 아이가."

될 수 있긴 하다.

"그럼요. 될 수 있죠. 세계 최고의 의사가 될 수도 있고 이름 날리는 변호사가 될 수도 있죠. 지금도 자격만 주어지면 3년 안에 그 자리에 앉을 수 있어요."

"뭐? 그게 정말이가?"

"왜 못해요? 좋은 머리 두고. 그건 공부만 하면 되는 거예요."

"하이고, 정말이가? 내 그러면 이제 죽어도 여한이 없겠다."

이게 현시점, 아이를 기르는 대다수 부모님이 가진 생각일
것이다.

입신양명을 위한 삶.

조선 시대는 과거를 통해 세상에 나섰듯 현재는 국가 고시
패스가 바로 그 자리를 대신했다.

물론 그 길이 나쁘지는 않았다.

검정고시로 고등학교까지 패스하고 사시에 도전하면 된

다. 이참에 행정, 외무, 사법 3대 고시를 다 패스해 이름을 날리는 것도 꽤 좋은 방법이었다.

내 성향이 권력지향이라면 그 길이 바로 최고의 결과를 선사할 테니.

"할매는 그렇게 판사가 됐으면 좋겠어요?"

"으응?"

내 말의 뉘앙스가 이상한 걸 눈치챘는지 옳게 대답을 못 한다.

"판사도 될 수 있고 박사도 될 수 있고 의사도 될 수 있는데. 전 좀 그래요."

"왜?"

"그렇잖아요. 판사가 되면 노상 법원에 앉아 싸우는 사람들만 봐야 하잖아요. 그뿐이에요? 매일매일 사기꾼에 강도에 살인자들 얼굴 봐야 하고. 그 사람들이 절 보고 뭐라 하겠어요?"

"응?! 뭐, 뭐라꼬?! 지금 뭐라 캤노?"

"사람들이 법원에 왜 오겠어요? 싸우다 싸우다 안 되니까 오는 거고 죄를 지어서 오는 거잖아요. 그 험악한 사람들을 손주가 매일 봐야겠어요?"

"옴마야. 이게 그렇게 되는 기가? 판사가 그렇게 험한 일이가?"

"그럼요. 법원이 하는 게 그런 일인데. 검사는 아예 범죄자들과 대놓고 봐야 하고."

"검사도?! 내는 몰랐다. 그냥 자리에 앉아 일만 하는 줄로

만……. 아! 맞다. 토요명화에서 봤다. 판사가 판결하는 거. 진짜네. 진짜로 나쁜 놈들 많이 봐야 하네."

진짜 몰랐다는 표정이 나왔다.

또 던졌다.

"의사는 뭐 다른가요? 매일 아픈 사람 봐야 하고 피 봐야 하고 죽어 가는 사람 살려야 하고 그거 사명감 없으면 못 해요. 변호사는 달라요? 박사는 달라요? 그런 자격 따려면 미국에 유학도 가야 하는데 한두 푼이에요? 1, 2억 가지고는 어림도 없어요."

"하이고, 이게 무슨 일이고. 돈이 그렇게나 드나? 내는 하나도 몰랐다."

"설사 그 자리에 들어간다고 해도 높은 자리에 오르려면 상사한테 돈도 바쳐야 하고 시다도 해야 하는데 할매는 손주가 손주보다 멍청한 애들에게 쥐여 살아야겠어요?"

"뭐라카노. 그런 거 안 원한다. 대운이 니가 어떤 아인데 시다바리를 다하노."

"이래도 판사, 의사, 박사가 좋아요?"

"참말로 얄궂데이. 뭐 이런 일이 다 있노. 내는 그 사람들이 그리 고생하는 줄 진짜 몰랐다."

"그러니까 조용길 아저씨가 해 준 제안이 괜찮다는 거예요. 더러운 꼴 안 보고 편하게 살아갈 수 있으니까."

"하아~."

표정에 기운이 사라졌다.

믿었던 것에 대한 배신감이 큰지 주먹을 다 쥐셨다.

그러나 허들은 아직 남아 있었다.

"그런데 정말 딴따라밖에 할 게 없나?"

"작곡가예요."

"작곡가?"

"작곡가는 노래를 만드는 사람이에요. 가수는 노래를 부르는 사람이고요. 둘 다 돈을 많이 벌지만, 작곡가는 아무도 모르죠. 할매, 배삼영 씨 알아요?"

"안다. 그 코미디인가 희한한 춤추는 사람."

개다리춤이다.

"그 사람이 며칠 지방을 돌며 버는 돈이 얼만 줄 아세요?"

"얼만데?"

"2천만 원씩 돼요."

"뭐라꼬! 그 사람이 그렇게 많이 버나?"

"갈쿠리로 쓸어 담죠. 그럼 더 유명한 조용길 아저씨는 얼마나 벌까요?"

"옴마야……."

신세계가 펼쳐지나 보다.

"지금은 딴따라라고 손가락질해도 나중 가면 그 딴따라를 하고 싶어도 못 할 거예요. 그때쯤 할매 손주는 그들 머리 위에 설 거고요."

반론은 필요 없었다.

조용길을 만난 순간 내 길은 결정됐다.

누가 뭐래도 최적의 길.

돈도 벌며 노출도 적고 짧으면 몇 개월, 길면 년 단위를 오고 가는 집필과는 비교도 할 수 없는 효율이었다.

회귀 전, 어떤 TV프로그램을 본 적 있었다. 아카이브K던가? 발라드, 포크, 락, 밴드 등 과거 일세를 풍미했던 가요계의 거목들이 나와 이런 저런 얘기를 하며 당시의 추억을 회상하는 그런 프로그램.

그때야 시청자로서 즐기는 입장이었는데.

지금은 내가 그 안에 와 있었다.

아카이브가 별건가?

결국 기록되는 것이 아닌가.

지금 내 머릿속엔 다음 작품을 준비하며 연도별로 모아 놓은 음원들이 춤을 추고 있었다.

니나노~~.

그거면 가요계 판도를 처음부터 다시 쓸 수 있었다.

악기를 못 다루는 페널티? 악보를 읽을 줄 모르는 까막눈?

그냥 입으로 불러 주면 된다.

조용길에겐 '위대한 탄생'이 있고 그들은 입바람만으로도 밀가루를 케이크로 만들 능력이 있었다. 동네 피아노 교습소 원장도 하는 일을 그들이 못 할까.

그마저도 내가 배워 버리면 끝.

게다가 조용길이 나한테 안달 났다. 누가 날 건들까.

'내 삶을 다시 디자인할 수 있겠어.'

너무나 매력적이었다.

참을 수 없어 벌떡 일어나 외쳤다.

"빨리 엄마, 아빠한테 알려 줘야겠어요! 아들이 드디어 진로를 결정했다고."

"니 진짜 딴따라 되려고?"

"예, 딴따라가 될 거예요. 그것도 딴따라의 왕이 될 거예요."

"……."

할머니는 그래도 '의사 선생님~', '변호사 선생님~', '검사 선생님~'처럼 다른 사람들이 우러러보는 직업이 좋은지 내키지 않아 했지만, 손주가 결정했다 하니 별다른 말씀은 하지 않으셨다.

씁쓸한 마음을 감추고 미소를 보여 주시고.

저항이 클 테지만.

이참에 가족회의까지 열어 모든 걸 확정 지을 생각을 하였다. 그런데,

"대운이 있니?"

누가 또 밖에 찾아왔다.

문을 열자 김영현 사장이 서 있었다. 똑같은 멤버에 조형만도 함께.

할머니는 조금은 지친 얼굴로 남은 훼미리 주스를 모두 털어 그들에게 내줬고 방안은 잠시 침묵이 이어졌다.

나도 먼저 입을 열지는 않았다. 이럴 때는 먼저 입을 여는 자가 지는 것이라.

결국 김영현 사장이 시작했다.

"어흠흠, 잘 지냈니?"

"바쁘게 지냈죠."

"그래, 바쁘게 지낸 것 같더라. 일도 많고……."

주절주절 아이스브레이킹 시간을 가지려 하길래 딱 끊어줬다.

"용건만 간단히 하시죠. 이제야 나타난 걸 보니 둘 중 하나일 텐데. 선지급한 돈을 회수하던가. 아님, 계약서를 가져왔던가."

"……!"

가만히 앉아 있던 할머니가 놀라 고개를 들었다.

말씀은 꺼내지 않으셨지만, 김영현 사장을 보는 눈길이 곱지 않아졌다.

"저도 궁금하긴 하네요. 그동안 간 본 결과가 어떤지 말이죠."

모아 뒀던 방송국 관련 명함을 앞에 쫙 깔았다.

그걸 본 김영현 사장은 침음성을 삼키더니 다시 입을 열었다.

"오해하지 마라. 내가 일본 출장이 있어 다녀온 것뿐이다."

"출장이요? 차라리 귀신을 속이세요. 바로 계약할 수 있었음에도 저기 저 염탐꾼을 보내 살핀 이유가 뭘까요? 설사 진짜로 일본 일정이 잡혀 있었다 하더라도 계약은 다른 사람이 와서 해도 됐잖아요. 아닌가요?"

"크음……."

"회수 쪽으로 가닥이 잡혔을 것 같은데……. 어째서 마음이 바뀐 거죠?"

"……."

김영현은 등줄기로 식은땀이 흐르는 걸 느꼈다.

기억났다.

그때도 이런 압박감이었다.

특히나 저 시선.

1에서 10까지 한 손에 움켜쥔 듯 조금의 망설임조차 없다.

이 아이 앞에만 서면 속옷까지 싹 벌거벗겨진 느낌이 여기에서 시작되는 것이리라.

홀린 것도, 착각도 아니었다.

진짜.

눈앞 이 아이는……. 아니, 아이가 아니라 이놈은 괴물이었다.

자괴감이 들었다.

이 나이 먹고 이런 수모라니.

천재는 다 이따윈가?

김영현은 이 이상 감추는 건 무리라 판단했다.

"맞다. 네 말이 다 맞다. 그날 돌아가며 이게 뭔가 싶기도 하고. 어디에 홀린 것 같기도 하고. 일본 출장도 핑계가 맞다. 도망쳤다. 그러다 네 겁먹은 얼굴을 보고 돈을 회수하겠다 마음먹었다."

"돌려 드릴까요?"

"아니다. 계약하러 왔다."

가져온 서류 봉투에서 계약서를 꺼냈다.

꺼내면서 김영현은 왠지 모르게 다행이라는 느낌을 받았다.

"내용은 합의한 대로네요."

"맞다. 도장만 찍으면 된다."

"훗, 운이 좋네요."

"응?"

"어차피 망할 회사, 1, 2년 안에 시궁창으로 처박아 줄까 생각하고 있었는데. 용케 비켜나셨어요."

"뭐?"

"하지만 괘씸죄는 있어야겠죠. 계약 조건을 바꾸겠어요."

"조건을 바꾸겠다고?"

"금액을 바꾸자는 건 아니에요. 전부 선입금으로 해 주세요. 그러면 계약할게요."

"아니, 그보다 우리 회사가 망한다고?"

"명맥은 이어 가겠죠."

"자세히 말해다오."

"입금하세요. 조건은 같습니다. 제 입을 열게 하시려면 돈부터 입금하시면 됩니다. 그게 싫으시면 지금 당장 파투내셔도 되고요. 선택은 제 일이 아니잖아요."

"……."

"사장님……."

정태식 부장이 나서려 했으나 김영현이 막았다.

이왕지사 이렇게 된 것.

못 먹어도 고.

"자네는 나서지 말게. 전부 선입금이라고 했지?"

"예."

"그럼 1억3천인가?"

"맞아요."

"다른 조건은 같고?"

"전 누구와 달리 양아치 짓은 하지 않아요."

"크음, 알았다. 지금 당장 입금하지. 됐어? 이러면 화가 좀 풀리겠어?"

"화는 나지 않았어요. 조금 괘씸할 뿐이죠. 하지만 사장님의 방황도 일부 인정해요. 머리가 좋다고는 하나 한낱 동네 꼬맹이에게 들입다 돈을 박을 간 큰 인물은 없을 테니까요. 사장님도 똑같겠죠. 약점을 잡히지 않았다면 그랬을 테고요.

다만 선입금 조건으로 바꾼 건 시차 적용하겠다는 겁니다."

"시차?"

"어제 값이랑 오늘 값이랑은 다르다는 거죠. 제 몸값이 말이에요."

"그건 맞다. 앞으로 네가 어떻게 하느냐에 따라 완전히 달라지겠지. 정 부장."

"예."

"비서실에 전화해 당장 입금하라고 해."

"사장님."

"아무 말 말게. 서둘러."

머뭇대던 정태식 부장이 나가자 김영현은 마음이 한결 편안해졌다.

그깟 1억5천 없어도 죽지 않는다.

안 그래도 그 때문에 괜히 가지 않아도 될 지옥에 들어갔다 온 기분이라 지금은 뭐라든 좋았다.

"훨씬 나은 표정이 되셨네요. 완전히 제 손을 잡기로 한 건가요?"

"그런 것도 볼 줄 알아?"

"그러니까 줄곧 협상에서 우위를 잡죠. 사장님은 아직도 제가 평범하게 보이세요?"

"허어, 너 진짜 일곱 살 맞냐? 어디 한 오십 살 먹은 건 아니고?"

편해졌는지 농담도 던진다.

나도 조금은 풀어 줬다.

"그런 일곱 살에 1억5천이나 퍼붓는 사장님은 누구시고요?"

"이런…… 어떻게 해도 좋은 소리는 못 듣겠구나."

"칭찬을 원하신다면 얼마든지 해 드릴게요. 하지만 칭찬 듣고자 그 돈 쓰신 게 아니잖아요."

"맞아. 돈값을 해야 할 거다. 나로서도 이번 건 큰 결심이야."

"제대로 살려 드릴게요. 그것도 대한민국 최고의 교육 기업으로 말이죠."

"……."

기가 막힌다는 표정이 나왔다.

그러든 말든

"일단 서울로 올라가세요. 1억5천이나 쓰셨는데 이왕이면 제대로 된 계약을 해야죠. 생색도 좀 내고."

"그게 무슨 말……이니?"

"돌아가서 곰곰이 생각해 보세요. 어디든 이 좁은 골방에서 도장 찍는 것보단 나을 테니."

새마을 뱅크에 돈만 확인하고 보냈다.

오늘 하루, 의외의 손님들만 맞이하다 보니 나도 좀 피곤한 것도 있고 빨리 서울행을 마무리시키고 싶었기 때문이었다.

하지만 갑자기 생긴 1억3천에 기가 휘둘린 할머니는 자리를 펴고 누웠고 집안은 다시 어수선해졌다.

저녁이 되어 아버지와 어머니가 찾아왔는데 할머니는 그

제야 힘겹게 몸을 일으켰다.

"어무이, 얼굴이 왜 이렇게 상했습니꺼? 어디 아픕니꺼?"

"자네 왔나?"

"엄마, 어디 아파?"

화기애애 세 분이 인사를 나누는 사이 난 물을 내왔다.

손님처럼 물을 떠다 주자 어머니 아버지는 얼떨떨한 표정을 지었는데 상관하지 않았다. 곧 더 어이없는 발언을 들을 테니.

"잘 오셨어요. 일단 오늘 무슨 일이 있었는지 말씀드릴게요."

미주알고주알 조용길이 찾아왔고 일일학습과 큰 계약을 맺었다까지 알렸다.

그로 인해 변한 계획과 각오를 차근차근 알려 줄 생각이었는데.

가만히 계시던 할머니가 툭 끼어들었다.

"말도 마라. 내사마 얼매나 놀랬는지 모를 끼다. 아, 글쎄, 그 사장님이 돈을 그 자리에서 1억 3천이나 보냈다 아이가."

"예?!"

"엄마, 그게 무슨 소리고?!"

두 분이 휘둥그레져 나를 봤다.

내가 이래서 돈 얘긴 나중에 하려 했는데.

분위기가 엉망이 됐다.

더 짱인 건.

아버지의 눈에 슬그머니 욕심이 들어차는 것이었다. 젠장.

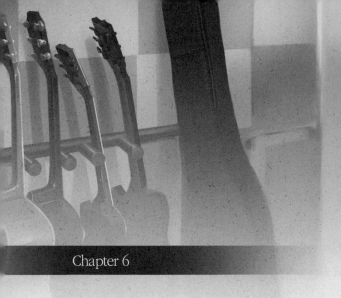

집안에 연예인이 하나 나오면 참으로 많은 것들이 달라진다.

바닥을 긁던 지독한 가난이 가장 먼저 사라지며 전에 없던 윤택함에 가족 구성원들은 정신을 못 차린다.

이전의 생활을 잊고 돈 버는 것이 장난인 줄 알고 까불며 하나같이 게을러진다. 그렇게 연예인은 나이가 어리든 많든 가장이 돼 사돈의 팔촌까지 엉겨 붙는 아귀 지옥 속에서 허우적거리게 된다.

정작 자신은 누리지도 못하는 영광이라.

물론 개중에는 중심 딱 잡고 버티는 이들도 있지만, 대부분은 그렇지 못했다. 빨대 꽂혀 휘둘리다 인기가 식는 순간 빈

털터리가 돼 더 비참한 삶을 살아가게 된다.

비단 연예인만의 이야기는 아니었다.

전에 받은 2천까지 내 통장엔 1억5천이라는 거금이 찍혀 있었다.

과정을 모르는 아버지, 어머니가 보기에 이 돈은 어쩌다 보니 생긴 돈이었다.

80년대는 물론이고 2020년에도 평생 만나 보지 못하고 죽는 사람이 수두룩한 큰돈이 말이다.

눈이 회까닥 뒤집혀도 방법이 없었다.

하지만.

나는 돈이 절대 우습지 않았다.

돈 무서운 줄 알고 돈에 의해 무엇이 어떻게 변하는지 어려서부터 처절히 봐 왔다.

1억5천은 순전히 내 노력으로 일궈 낸 열매이자 앞으로 나를 돈에서 해방시킬 시드머니였다.

아버지를 똑똑히 봤다.

"탐나세요?"

"으응?"

"제 돈이 탐나냐고요."

탐난다 하는 순간 다 넘겨주고 다시는 안 볼 생각이었다.

연을 끊는 것.

하지만 다행히도 아들의 물음에 정신이 번쩍 드는지 탐욕이 사라졌다.

나도 조금쯤은 믿고 있었다. 아버지가 비록 가정을 수렁으로 모는 반건달이기는 하나 양아치는 아니니까.

콩 심은데 콩 난다고 내가 양아치가 아니니까 아버지도 아닐 거라고.

아버지는 언제 욕심이 생겼냐는 듯 금세 '돈이 그렇게나 많아?'에서 '네가 그렇게 많은 돈을 벌었어? 신통하네.' 정도로 눈빛이 안정되어 갔다.

이게 또 은근 사람을 기쁘게 했다.

최악은 면한 듯싶으니.

그래도 다시 한 번 확인했다. 우리 가족은 물론 곁에 도사리는 친인척들에 주는 경고 차원에서도.

"맞아요. 제 통장에 1억5천이 있어요. 이 돈이 탐나는 분 말씀하세요."

탐난다면 다 주겠다.

계획이 많이 어그러지겠지만, 이까짓 돈 다시 벌면 된다.

다만 그 순간 나중에 받을 영광에서 영원히 제외되겠지.

"이놈이. 아빠를 뭐로 보고. 이 아빠가 어린애 쌈짓돈을 탐내는 사람으로 보이나. 치아뿌라 이놈아. 아빠는 그 돈 없어도 먹고 사는 데 지장 없다."

그래요?

"엄마는요?"

"으응? 나는……."

욕심나는 모양이다.

하긴 하루가 멀다고 돈 가져가는 아버지 때문에 우리 집 재정 건전도는 바닥이었다.

그리고 어머니는 태생적으로 돈을 좋아했다.

"욕심나세요? 이 돈 다 드려요?"

"……."

끝까지 대답 안 하는 어머니 때문에 분위기가 심상치 않아지자 할머니가 끼어들었다.

"하이고, 내가 쓸데없는 말을 꺼냈나 보다. 늙어가 주둥이 단속 못 하면 안 된다 캤는데."

하지만 난 어머니에서 시선을 돌리지 않았다.

결국 어머니도 고개를 돌렸다.

"고마 나도 모르겠다. 잘만 갖고 있으면 니가 갖고 있는 것도 나쁘지 않겠지. 아니, 니가 갖고 있는 게 더 낫겠다. 엄마 줘 봤자 니 아빠가 다 가져갈 거 아이가."

"크흠, 큼."

아버지의 헛기침처럼 마치 큰 짐을 놓는 듯 말씀하셨지만, 그거로는 부족했다.

"지금 결정하셔야 해요. 분명히 말하지만, 앞으로 제 돈은 제가 관리합니다. 엄마, 아빠는 일절 관심 두지 말라는 말씀이에요."

"뭐라꼬?! 그 큰돈이 있는데 엄마더러 두고 보고만 있으라는 기가?! 이게 건방지게. 잘한다 잘한다 캤더니 엄마가 우스워?!"

발끈해 순식간에 언성이 높아졌다.

내가 다소 자극적인 화법을 쓰긴 했지만, 어머니는 늘 이랬다.

비위에 안 맞으면 일단 화부터 냈고 매를 들었다.

다시 말하지만, 우리 어머니는 기절했던 나에게 다시는 안 때리겠다 약속해 놓고 일주일 만에 매를 든 여자였다.

그만큼 성격이 급했다. 대신 능력 딸리는 아버지에 비해 돈을 아주 잘 벌었고 생활력이 강했다.

그렇다고 물러설 순 없었다. 지금 회피하면 차후 내 인생은 돈 문제로 계속 얽히게 될 테니.

태연히 한 발 더 다가갔다.

"엄마가 우습다고 한 적 없는데요. 왜 화를 내죠?"

"지금 화 안 내게 생겼나?! 니 그 돈이 얼마나 큰 줄 아나?"

"저보다는 안 크겠죠. 그래서 물어봤잖아요. 탐낼 거냐고요."

"뭐라꼬?! 이게 보자 보자 하니까 증말!"

눈에 가시가 치솟는 게 보였다.

때려서 미안하다고 울며불며 매달릴 때는 언제고 손찌검이든 매든 일보 직전이었다.

주변을 봤다. 할머니도 어머니가 본격적으로 화를 내자 어쩔 줄 몰라 했다. 아버지는 나서지 않고 지켜보기만 했다.

늘 이런 식이었다.

이런 식으로 나를 다뤘다.

정말 괴롭다.

전과 다르게 난리를 치를 통에 이 나비효과가 어디까지 흘러갔는지는 모르겠지만.

어릴 적 장대운이 어떻게 살았는지.

자신의 의지와는 전혀 상관없이 밀어닥치는 해일 속에 휩쓸려 어떤 고통을 당하고 또 어떻게 꿈을 거세당하고 하루하루의 생존에 전력으로 매달려야 했는지.

말리는 친할머니라도 없었다면 난 거기에서 맞아 죽었을 것이다.

이가 갈렸다.

"······."

나중에 다시 만나서도 하는 선택마다 부모님은 내 신뢰를 깼다.

나는 나보다 어리고 어리석은 부모님에게 휘둘릴 생각이 없었다.

이렇게까지 말했는데 '그래도 가족끼리'라고 말하는 사람이 있다면 할 말이 없다.

나는 그냥 나쁜 놈인 거고. 그래, 맞다. 뻔히 고통당하느니 차라리 나쁜 놈이 되련다.

과감히 종기를 터트렸다.

"여전히 수틀리면 때릴 생각부터 하시네요. 그러고 보니 참 무지막지하게도 맞고 살았어요. 아세요? 제 기억이 세 살 때부터인 거. 엄마는 세 살짜리가 뭘 얼마나 잘못했길래 때리기 시작한 거예요? 나 똥 쌌다고 이모가 엉덩이 좀 때린 거로 지금껏 안 보는 양반이 원하는 우유 사 오지 않았다고 때리고 옷에 흙 묻혀 왔다고 때리고 시키는 거 안 했다고 때리고……. 어느 순간 눈에만 거슬려도 손을 올리네요. 난 뭐가 틀어지면 눈치부터 살피고."

"……."

"이게 가족이에요? 내가 엄마 소유물이에요? 정서적으로는 진즉 독립했어요. 이제 경제력도 쥐었으니 엄마한테 의지할 이유가 없어졌죠. 그런데 엄마는 또 때려서 모자 관계를 단절시키려 하네요. 진짜 단절을 원하세요?"

"대운아……."

할머니가 불안한 눈길로 내 손을 잡았다.

"할매는 부탁인데 앞으로 누가 돈 얘기하면 그냥 먹고 사는 정도만 번다고 해 주세요. 사람이 원래 눈으로 보고 귀로 들으면 없던 욕심도 생겨요."

"……미안하다. 내가 경솔했다."

"오늘 알았으니까 나중에 큰 실수 안 하실 거잖아요. 그거면 됐어요."

"알았다. 내 절대로 돈 얘기 안 할게."

다짐하는 할머니를 두고 아버지, 어머니를 보았다.

"아무래도 더 얘기할 분위기가 아니네요. 그만 돌아가 주세요. 오늘은 더 얘기해 봤자 서로 감정만 상하겠네요."

"그냥 집으로 다 보낼라고? 아까 서울 얘기하기로 했잖아."

서울행 얘기였다.

계속 노려보는 어머니 때문에 고민됐으나 어차피 꺼낼 말이긴 했다.

"……알았어요. 저 서울 갈 생각이에요."

"……."

"……."

대답 없이 멀뚱히 보기만 하는 부모님이 답답한지 할머니가 더 크게 말했다.

"우리 서울로 간다고."

"예?!"

"서울로 이사간다고?! 왜 갑자기?!"

"뭐긴 대운이가 서울에 가서 살 작정이니까 가야지."

"아니, 어무이."

"엄마는 그게 무슨 말이고. 아가 하는 말은 다 들을 끼가? 여기 슈퍼도 해야 하는데 서울에는 어떻게 갈라……."

"느그들은 안 간다. 내캉 둘이서만 간다."

"예?!"

"둘이만 간다고?!"

또 놀라는 부모님을 두고 할머니도 더는 못 참겠는지 소리쳤다.

"그럼! 둘이만 가야지! 오늘 보니까 아를 보통 잡는 게 아닌데. 함부로 내가 니 손에 대운이를 맡길까. 나쁜 년. 뭐?! 우유 잘못 사 왔다고 아를 때려? 서너 살짜리 심부름시킨 것도 심장이 다 벌렁거리는데 니는 손이 없나. 발이 없나. 걷는 것도 아까운 아를 왜 때려. 이 나쁜 년아!!"

"아니, 그게……."

기억도 안 나는 표정이다.

원래 때린 사람은 기억은 못 한다더니.

가슴이 답답했다.

"그럼 대운이가 지어서 말하겠나?! 야 머리가 IQ 190이다. 니 머리 꼭대기에서 노는 아다. 서울 사장님도 대운이 앞에서는 벌벌 기는데 니가 뭐라고 이 귀한 아를 때려! 하이고야, 내가 이것도 모르고 엄마라고 챙겨야 한다고 말했다. 얼마나 무서웠을꼬. 우리 앞에서도 때리려고 하는 년이 안 보이는 데서는 얼마나 모질게 굴었을꼬. 흐흐흑."

"어, 엄마."

"시끄럽다. 이년아. 닌 집에 가라. 꼴도 보기 싫다. 자네도 이만 가게."

"어무이, 그래도 갑자기 서울이 뭡니까. 아를 어째 혼자 서울로 보냅니꺼?"

"내가 간다고 했잖아!"

"그래도 부모가 여기 있는데."

"하이고야, 부모 노릇 퍽이나 하겠다. 아비는 술고래에 어미는 뺑덕어멈 뺨 때리고. 내사마 억장이 다 무너진다. 대운이가 느그들 사이에서 얼매나 고생했을꼬. 이가 다 갈린다. 나쁜 놈들."

"하지만……."

"뭐 하지만이고. 안 나가!!!"

할머니가 너무 격해졌다.

이러다 무슨 일이 날까 싶어 서둘러 할머니를 막았다.

"할매, 잠깐만요."

"와? 우리 새끼. 내는 몰랐데이. 진짜 몰랐데이. 니가 그렇게 억울하게 살았는지. 흐흐흑."

"괜찮아요. 이제 괜찮아요. 할매, 진정하세요."

"모른다. 모른다. 그걸 듣고 우째 진정하겠노. 어미라고 있는 게 하나밖에 없는 자식을 잘 키울 생각은 안 하고. 때리기만 하고. 흐흐흑."

안 되겠다.

더 있다간 할머니가 몸져누울 것 같았다.

"어서 돌아가세요. 더는 얘기가 안 될 것 같아요. 어서요."

"그래도 서울은……."

"아빠!"

"……."

"내가 지금 아빠 허락 구하는 거로 보이세요?"

"……!"

◇ ◆ ◇

"아직 결정도 안 났는데 이래도 돼요?"

"돼."

매니저 유재한은 조용길이 이해가 되지 않았다.

대구에서 올라오자마자 다음 날로 아파트를 덜컥 사고 며칠째 돌아다니며 TV며 세탁기며 장롱 같은 세간살이를 넣느라 바빴다.

벌써 쓴 돈만 수천만 원.

누구 때문이라는 건 굳이 묻지 않아도 알 수 있었지만 아니, 그 아이가 다시없을 만큼 신통한 건 알겠지만, 오버라는 생각이 계속 들었다.

솔직히 말해 자기도 아직 전세에 살지 않나.

버는 족족 음향장비 구하는 데 다 썼기 때문이긴 한데 유재한으로서는 도무지 이해할 수 없는 상황이었다.

"다 정하고 시작해도 되잖아요. 만일 안 오기라도 한다면 이걸 다 어떡해요?"

"온다."

"온다고요? 따로 연락받은 거 있으세요?"

"없어."

"그런데 어떻게 알아요?"

"알아."

"안다고요?"

"그냥 알아. 대운이는 반드시 올 거야. 내가 알 거든."

"하아……."

"빨리 사무실에나 가자. 지금 전화 왔을 수도 있어."

재촉하는 조용길에 유재한은 가속 페달을 밟았다.

이게 소위 아티스트들이 말하는 영감 같은 건가?

성화만큼 자동차는 금세 작은 건물 앞에 섰다.

81년에 완공된 지군 레코드의 두 번째 스튜디오.

조용길이 들어서자 모여서 수다 떨던 가수들이 벌떡 일어났다. '그때 그 사람'의 심수붕, '옛시인의 노래' 한경아, '영일만 친구'의 최백오, '세상만사'의 송골새였다.

왕을 맞이하였다.

하늘을 난다고 다 새가 아니듯 가수라고 다 같은 가수가 아니다.

1집 '창밖의 여자', '돌아와요 부산항에', '단발머리', '한오백년'으로 대한민국 가요계를 뒤엎은 이래,

2집 '축복'은 모든 방송사를 통틀어 순위제 신설 초대 1위를 차지하고 3집 '고추잠자리', '일편단심 민들레야'는 조용길이라는 이름을 우뚝 서게 했다.

4집 '못 찾겠다 꾀꼬리'와 '기도하는~'의 '비련'은 본격 오빠부대를 양산하고.

특히나 '못 찾겠다 꾀꼬리'는 가요톱텐 10주 연속 1위를 차지하며 5주 1위 하면 자동으로 내려가는 규정을 만들어 내기도 했는데 그렇게 내려간 지 한 달 만에 또 '비련'이 5주 1위를 찍어 버렸으니 이 시기 조용길은 무쌍이었다.

그럴진대 누가 감히 어떻게 앉아서 맞을 수 있을까?

간단히 인사를 마친 조용길은 녹음실로 직행했고 5집 수록곡을 녹음했다.

5집은 나중에 초등학교 교과서에 최초로 실린 대중음악인 '친구여'가 있었다. '나는 너 좋아'와 '친구여'가 한 앨범 최초로 두 곡 골든컵을 수상하기도 하고.

한창 열중하는 그를 유재한이 밖에서 불렀다.

"대운이래요."

"오오, 그래? 대운아, 나다. 그래그래그래, 으응? 진짜야?! 잘됐다. 잘 판단했다. 그럼그럼그럼, 그건 걱정 마라. 아니아니아니, 몸만 올라와라. 아파트부터 싹 다 준비해 놨다. 진짜라니까. 옷가지만 가져오면 된다. 맞아. 너 살 곳이랑 다 끝내놨다고. 그러니까 올라오기만 해. 알았어. 언제 온다고? 내일? 오케이, 서울역에 나가 있을게. 내일 보자~."

전화를 끊자마자 두 주먹을 불끈 쥐는 조용길이었다.

"온대요?"

"응, 얘기 다 끝났다고 내일 온대."

"허어, 진짜로 오네. 그렇게 좋아요?"

"좋지. 대운이랑 작업할 생각만 해도 심장이 다 떨린다."

"그 정도예요?"

"넌 모른다. 대운이가 어떤 의미인지."

"……."

"어쩌면 대운이로 인해 내 음악이 완성될지 몰라."

◇ ◆ ◇

"할매, 그냥 새마을호 타자~."

"안 된다. 새마을호가 얼마나 비싼데."

"그래도 좀 빨리 가는 게 좋잖아요."

"그래도 안 된다. 가자. 기차표 다 끊었다."

아무리 설득해도 요지부동.

돈 좀 써도 될 법한데.

가장 빠른 새마을호도 안 되고 그 아래 무궁화호도 안 된단
다. 녹색의 통일호를 부득불, 그것도 입석으로 끊었다. 값 차
이가 아무리 두 배꼴이라도 입석이라니.

"빨리 가자. 얼른 가면 꼬다리 자리 챙길 수 있다."

옷이 든 보따리를 바리바리 싸들고 달리는 할머니를 보는
데 내가 정말 과거로 돌아왔나 싶기도 하고.

"뭐 하노?! 얼른 온나. 자리 없어진다."

"예."

나도 뒤따라 달리니 할머니는 어느새 차량 맨 뒤편 꼬다리 자리를 챙기고 보따리를 천장 짐칸에 욱여넣고 있었다.

꼬다리 자리엔 폭신한 것도 깔아 내가 앉을 수 있게 해 놨다.

"하이고야, 됐다. 이제 이렇게 가면 된다."

마음이 편해졌는지 웃으며 이마를 훔치는 손길이 왠지 정겨웠다.

"대운아, 여기 앉아라. 할매가 다 만들어 놨다."

그러나 꼬다리 자리는 한 사람 앉으면 꽉 찬다.

"할매는?"

"할매? 할매는 서서 가도 된다."

이 먼 거리를?

명절 때 꼬박 서서 다녀봐서 아는데 할머니가 서서 갈 거리는 아니었다.

주변을 살폈다.

몇 사람 보이지 않는다.

"할매. 우리 굳이 꼬다리 자리에 안 앉아도 돼요. 서서 안 가도 되고."

"응?"

"저기 봐요. 자리가 널렸잖아요."

기차 여행이 본격적이지 않을 때라 객실이 20%도 안 차 있었다.

물론 할머니의 호들갑도 이해했다.

기차는 명절에나 타는 것이고 할머니가 타 본 기차는 늘 꽉 차 있었을 테니.

"아무 데나 앉아 있다가 주인 오면 비켜 주면 되잖아요."

"그, 그런 기가?"

할머니를 꼬다리 바로 앞자리에 앉혔다.

통일호 특유의 재질을 촉감으로 느꼈고 주변을 둘러보며 감상했다. 덕분에 천장에 붙은 선풍기를 발견했다.

그나저나 선풍기라니.

신선했다. 여기에서 선풍기를 볼 줄이야.

열차는 시간이 되자 출발했다.

창밖 풍경은 열차가 속도를 낼수록 빨리 지나갔는데 어릴 때 이 풍경 보고 무척 놀란 기억이 났다. 사람이고 집이고 논이고 들이고 마구 지나가는데 또 멀리 보면 세상이 멈춘 듯했으니까.

'기차 여행은 모름지기 전기구이 오징어인데.'

삶은 달걀과 사이다 파가 아니었다. 전기구이 오징어를 좋아했고 항아리 바나나 우유를 즐겼다. 통밀로 만든 다이제스티브도 괜찮고.

할머니를 슬쩍 보았다.

승무원이 카트를 몰고 오면 사 달라고 할까?

아서라.

고개를 저었다. 통일호도 입석으로 끊는 판에 그 비싼 오징어를 사 줄까.

'안 사 주겠지? 비싸니까.'

어쨌든 서울행이었다.

어머니, 아버지와는 얼굴을 붉혔지만…… 일곱 살짜리가 혼자 서울로 간다는데 싸움이 안 생기는 게 더 웃길 것이다.

관철시켰고 모름지기 관철이란 그런 것이었다. 누구는 불만이고 누구는 웃고.

나의 성공 여부에 따라 전설의 시작이 되느냐? 아니면 기고만장한 어린놈의 엇나감이 결론 나느냐가 될 것이다.

그렇기에 걱정은 없었다.

난 무조건 성공할 테니까. 지금은 두 분이 섭섭하더라도 오랫동안 영광을 누리는 게 훨씬 낫지 않겠나?

"우와~ 여기가 서울역이가?"

보따리를 낑낑 들고 내린 서울역은 지나면서 들른 어떤 역과도 차원이 달랐다.

유럽의 영향을 받은 일제의 건축 양식이 그대로 살아 있는 역사(驛舍).

2003년 신역사가 완공될 때까지 대한민국 최고의 교통 허브로서 임무를 수행하는 곳.

그곳 개찰구에 줄줄이 서서 검표 받고 나오자 유재한이 반가운 미소로 우릴 반겼다.

할머니 보따리를 얼른 받았고 먼저 나섰다.

뒤편 주차장에 이르러서야 조용길이 환히 웃으며 차에서 나왔다. 직접 나오지 않은 이유야 말하지 않아도 됐고 얼굴만 봐도 그가 나의 서울행을 얼마나 기뻐하는지 알 수 있었다.

"우선 집으로 가야겠지?"

자동차는 곧장 남쪽으로 달려 삼각지, 이촌동, 서빙고를 지나 반포대교를 넘었다.

다리를 넘자마자 어떤 아파트 단지에 들어갔는데.

"어! 여긴……?"

"남서울 아파트다. 어떠냐?"

"남서울 아파트요?"

내가 알기로 여긴 남서울 아파트가 아니었다.

서울에 동작대교랑 붙은 아파트는 단 한 곳밖에 없었다.

반포 주공.

"대한주택공사에서 몇 년 전에 완공한 따끈따끈한 아파트야. 내부도 아주 좋아."

반포 주공이 맞나 보다.

"남서울 아파트라고요?"

"그래, 남서울 아파트."

이때는 이렇게 부른 모양.

그나저나 주공 아파트라니.

2000년대에 이르러 부실 공사니 뭐니 하며 하자 많은 이름으로 불리긴 했지만, 이때만 해도 튼튼함과 부의 상징이었다.

인기가 참 좋았는데.

"정말 아파트를 사셨네요."

"그럼 널 위해서 샀지. 저번에 네가 아파트에 살고 싶다고 했잖아."

"그렇게 말하긴 했죠. 어쨌든 잘하셨어요. 팔지 말고 20년만 묵혀 두면 노후대비는 확실히 될 거예요."

얼마나 오르더라?

지금 한 3천 정도 하나?

짱구를 굴리고 있는데 이상한 말이 고막을 때렸다.

"이거 네 이름으로 했는데."

"예?"

"네 거라고. 네 거야."

"⋯⋯."

이게 무슨 소린지.

"이거 대운이 네 이름을 산 거야."

"예?! 이 아파트를 제 이름으로 사셨다고요?"

"그래."

왜? 보다

어떻게? 가 더 궁금했다.

"⋯⋯어떻게요?"

"동사무소에 가서 물어보니까 금방이던데."

"아아……."

개인 정보 보호란 개념이 1도 없는 놈들.

바로 이해됐다.

그놈들은 조용길이 다가가는 순간 '꺄악!' 소리 질렀을 테고 그 손을 내미는 순간 사돈의 팔촌까지 찾아 줬을 것이다.

그나저나 이게 무슨 일인지.

이 사람이 왜 나한테 아파트를 사 줄까.

"뇌물이다. 나 때문에 올라온 것도 있고 나랑 같이 음악 하자고."

"음악이요? 단지 그것뿐이에요?"

"더 있지. 왠지 너랑 있으면 내가 도움받을 것 같았거든. 하나도 안 아까워."

"하아……."

나도 조용길이 음악에 대해선 돈을 안 아낀다는 건 들어서 알고 있었다. 좋은 음악이 있다면 아프리카까지 쫓아갈 위인이라는 걸.

하지만 아무리 생각해도 이런 건 이해할 수 없었다.

도대체 왜?

"올라올지도, 같이 음악할지도 모르는데 지르기부터 하신 거예요?"

"말도 마라. 말려도 안 돼. 너 만나고 다음 날부터 온 천지를 쏘다니며 아파트 사고 세간살이 사고 난리도 아니었다. 자

기는 아직 전세 살면서 말이다. 내가 옆에서 따라다니며 말려
도 소용없었어."

유재한이 끼어들었다.

조용길은 그 옆에서 싱글벙글, 아주 입이 귀에 걸렸다.

예쁜 색시를 만나도 저렇게는 안 웃을 것 같은데.

"일단 들어갈까? 길바닥에서 이러는 건 좀 아니잖아."

"뭐, 그러죠."

내부에 들어가니 TV며 냉장고며 소파에 웬만한 건 다 갖추
고 있었다.

'정성 들여 준비한 게 티가 나네.'

오고 가는 물질 속에 정다운 이웃이 된다더니 물건들을 보
고 나니 조용길의 진심이 더욱 와 닿았다.

나도 이 아저씨는 확실히 챙겨야겠다.

"우선 쉬어. 내일 올게."

"밥도 안 먹고요?"

"먼 길 왔잖아. 쉬어야지."

잔뜩 생색내도 모자랄 판에 또 슬그머니 사라져 주는데.

이 사람들을 어떻게 해야 할까?

할머니는 조용길과 유재한이 돌아가자 본색을 드러내며
집안 곳곳을 쏘다녔다. 감탄에 감탄을 연발했다.

이런 게 아파트냐고.

할머니 기분이나 맞춰 주기로 했다. 이사 온 기념으로 500

원짜리 짜장면도 사 먹고 동네 마실도 다니고.

다음 날이 되자 조용길과 유재한이 아침부터 찾아왔다.

"나가자."

"어딜요?"

"서울 왔으니 서울 구경해야지."

할머니와 나를 태우고는 경복궁으로 간다.

교통량이 많지 않던 때라 도로가 막히는 건 없었고 잠깐 창밖을 보는 사이 도착했다.

그러나 바로 인상을 찌푸렸다.

광화문에 들어서자마자 턱 하니 앞을 가로막는 건축물 하나.

조선총독부였다.

박물관으로 재활용 중이라는데…….

재활용할 게 따로 있지. 이따위 건물을 아직 두고 있을 줄이야.

이것만 봐도 이 나라에 친일파가 얼마나 많은지 알 것 같았다.

김영산 대통령 때에서야 겨우 철거된 흉물이라.

표정이 너무 안 좋았는지 조용길이 물어왔다.

"왜 그래? 여기 별로야?"

"저게 꼴 보기 싫어서요."

"뭐가?"

"저거요. 일제강점기 잔재잖아요. 어떻게 저런 걸 아직도 남겨 둘 수 있죠?"

"그야……."

할 말이 없는지 입을 다무는 조용길의 옷깃을 잡았다.

"다른 데로 가요. 여기 더 있다간 불 지를 것 같아요."

"그, 그럴까? 재한아, 어디가 좋지?"

"놀이동산에나 갈까요?"

"그게 좋겠네. 제일 가까운 데가 어디냐?"

"창경원이죠."

"그래, 가자."

아무 생각 없이 또 창경원으로 갔다.

이곳은 창경궁이었다. 조선 시대 때 임금님이 머물던 장소.

기억남과 동시에 인상이 또 확 찌푸려졌다.

첫발을 들이는 순간부터 온갖 동물들의 똥 냄새가 비강을 찌르고. 아이고야~ 구경 온 사람들은 좋다고 소리지르고 쓰레기 버리고 궁궐에 놀이기구는 웬 말?

경복궁과 창경궁은 소싯적 내가 자주 찾던 장소라 잘 알았다.

고아하고 잔잔하면서도 품격이 서린 곳.

그 추억의 장소가 난장판으로 사용되고 있을 줄이야.

놀이기구가 아무리 재미있어도, 솜사탕에, 색색들이 풍선이 아무리 즐거워도 이건 아니었다. 우리가 아끼고 보호해야 할 문화유산을 우리 스스로 짓밟고 있었다.

"여기도…… 별로야?"

"궁궐이잖아요. 어떻게 우리가 우리 궁을 이딴 식으로 쓸 수 있죠? 두 손 벌벌 떨며 아끼고 보존해도 모자랄 판에?"

"……."

"이러니까 일본 애들 입에서 우리가 미개하니 뭐니 하는 말
이 나오죠. 광복했으면 이런 것부터 치워야 하는 거 아니에요?"

"……."

말하다 보니 조용길의 얼굴이 시뻘겋게 달아오른 게 보였다.

아차!

하하 호호 뛰어노는 사람들 사이에서 우리 그룹만 분위기
가 어색했다.

대접해 주려고 데려온 사람에게 무슨 짓인지.

사과했다.

"죄송해요. 제가 너무 화가 나서."

"……."

"모처럼 시간 내주셨는데 너무 제 생각만 했네요."

"……아니다. 전혀 생각 못 했어. 네 말이 하나도 틀린 게
없다. 맞아. 여길 이렇게 사용하면 안 되는 거였어."

"죄송해요."

"아니야. 백 번을 돌려봐도 네가 옳다. 다 우리 어른들이
잘못한 거야. 남길 게 따로 있지 어떻게 이런 걸 남길 생각을
했을까? 미안하다. 좋은 모습도 못 보여 주고."

분위기가 땅으로 파고들다 못해 석탄까지 캐게 생겼다.

조용길의 손을 잡았다.

"아저씨, 우리 남산 갈까요?"

"남산?"

"거기 케이블카도 타고 돈가스도 먹고."

"케이블카?"

처음 듣는다는 듯 놀라는 모습에 설마 했다.

케이블카도, 돈가스도 아직 없는 거라면?

"네가 그걸 어떻게 알아? 남산에 돈가스가 유명한 거."

"아, 그게…… TV인가 어디선가 본 적이 있어서."

다행이다.

"그래, 케이블카 타는 것도 좋지. 서울에 왔으니 서울 전경을 봐야지. 재한아, 우리 거기로 가자."

"네, 형님."

남산 타워도 금방이었다.

어딜 가나 조용길을 알아보는 사람들 때문에 미어터지긴 했어도 조그만 양해만으로 기꺼이 자리를 양보해 주던 때라.

그 덕에 손쉽게 서울의 전경을 구경하고 맛있는 왕돈까스도 먹었다.

혹시나 안내판을 살펴보니 케이블카는 62년에 개통했고 왕돈까스 집은 77년부터 영업을 시작했다고 한다.

"어때?"

"아주 맛있어요."

"괜찮았어?"

"그럼요. 여기 아주 좋네요."

"그래? 하하하하하, 네가 웃으니까 나도 이제야 살 것 같아."

"죄송해요. 제가 너무 예민하게 굴었죠?"

"아니야. 너무나 당연해서 그냥 지나쳤는데 곰곰이 생각해 볼 문제긴 하더라. 나도 좀 들여다봐야겠어."

"그래요?"

"그나저나 서울 올라오는 데 문제는 없었어? 터전을 옮기는 게 보통 결심은 아닌데."

"왜 없어요? 아빠가 노발대발했죠. 가만히 있는 아이를 꼬셨다고 얼마나 욕을 했는데요."

"그, 그래?"

머쓱해한다.

아마 지금도 욕하고 있을 것이다.

"너무 걱정하지 마세요. 잘되면 되잖아요. 잘되면 선견지명인 거 모르세요?"

"그치? 그렇긴 하지. 난 네가 잘될 걸 아니까."

"아저씨도 잘될 거예요. 지금도 잘되지만, 가요계의 레전드가 될 거예요. 레전드 오브 레전드. 가왕 말이죠."

"가……왕?"

얼굴색이 확 변한다.

잘나가는 왕돈까스 집에서 돈가스 잘라 먹다가 우뚝.

파문이 일었다. 전혀 생각해 보지 못한 영역을 들여다본

듯 쏟아지는 물결파에 조용길은 일순 모든 것을 멈췄다.

어떤 깨달음이라도 있는 건지 멍하니 허공을 바라보았고 그 순간 나도 강한 신호를 받았다. 사고를 멈추지 말라고 어떤 스케치를 던져 주었다.

"가왕이죠. 누구도 침범할 수 없는, 누구나 인정하는 시대의 마에스트로."

"마에스트로······."

"음악의 완성이란 언뜻 멀리 있는 듯 보이지만 전혀 그렇지 않아요. 스스로를 돌아보세요. 음악이 어째서 음악(音樂)인지 잊지 마세요. 그 길의 끝에 원하는 바가 있을 겁니다."

"아아······."

폭죽이 터졌다.

조용길의 눈길에 환희가 덧씌워졌다.

스케치는 곧 그림이 되어 갔고 그걸 가장 처음 마주할 이는 다른 누구도 아닌 조용길 자신이었다.

나도 조금은 엿보고.

샘솟는 의욕과 기쁨에 조용길은 벌떡 일어섰다.

왕돈까스 자르다 일생일대의 목표를 얻은 그는 나를 본인 작업실로 데려갔다.

곡이나 좀 들려 주려나 했는데 거기에서 난 놀라운 사람들과 만날 수 있었다.

위대한 탄생.

전설의 멤버들이 그곳에 있었다.

기타, 베이스, 드럼, 피아노 각 부문 대한민국 최정상을 달리는 뮤지션들.

그 사람들이 조그만 작업실에 옹기종기 모여 서로의 연주를 즐기고 있었다.

조금 들어 보는데.

와우!

전신에 솜털이 일어났다.

밴드의 가치는 모름지기 사운드라.

조용길 콘서트에, 시나위 콘서트에 한 번이라도 다녀 본 사람이라면 내 말에 각별한 동의를 할 거라 믿는다.

달랐다. 어중이떠중이 백 명 모아 봐도 이들의 연주 한 번 듣는 게 훨씬 값질 것이다.

이런 사람들을 만날 줄이야.

조용길이 워낙 넘사벽이라 위대한 탄생이 다소 묻히는 감이 있었지만, 사실 이들은 아무 데나 내놔도 양학이 가능한 실력자들이었다. 어디 가서도 리더가 되는 자들. 자기 이름 걸고 밴드를 조직해도 되는 일대종사들.

극강의 네임드였다.

그런 이들이 호기심 가득한 눈길로 나를 쳐다보고 있었다.

"애가 걔야?"

"응, 대운아, 인사해. 아저씨와 같이 음악 하는 아저씨들이야."

우려 반, 신기함 반의 눈길이 나를 훑었으나 그딴 건 하나도 중요하지 않았다.

드디어 위대한 탄생을 만났다.

위대한 탄생의 생 오리지널 사운드를 1열에서 들을 수 있었다는 게 중요했고 그 연주 장면을 직관했다는 것이 보잘것없는 내 자존심보다 더 중요했다.

인사를 마치고 또 연주가 시작됐다.

쿵쿵쿵 시작을 알리는 드러머의 현란한 박자 쪼개기에 기타리스트의 화려한 사운드가 물 흐르듯 입혀지며 두 귀를 사로잡았다. 은근슬쩍 덤벼든 베이시스트는 그 소리를 더욱 단단하게 붙들었고 모든 토대 위에 피아니스트의 멜로디가 얹혔다.

기가 막혔다.

황홀했다.

이게 진짜 밴드였다.

"너는~ 추억으로 묻히고 우리는 시간 속에 가리고 벗이여~ 그대는 어디 갔나……."

가왕 조용길의 보컬이 덧입혀지는 순간 예술은 완성.

더 무엇이 필요할까.

이렇게 심장을 후려치는데.

벌떡 일어나 박수를 쳤다.

부모님의 반대를 무릅쓰고 서울까지 올라온 찝찝함은 전혀 기억나지 않았다.

정신 차릴 새도 없이 다음 곡으로 '나는 너 좋아'가 연주됐다. 몇 달만 지나면 대한민국의 남녀노소가 흥얼거릴 노래.

이 노래까지 마치고 나서야 조용길은 입이 귀에 걸린 채로 다가왔다.

"어때?"

"최곤데요. '친구여'는 사람의 가슴을 뭉클하게 하고 '나는 너 좋아'는 산뜻하고 귀여워요."

"그래?"

"브릿팝의 느낌이 조금 나던데 맞아요?"

"브릿팝?"

"영국 쪽이요."

"아아, 근데 그게 보였어?"

"아메리칸 댄스 록도 좀 가미된 것 같기도 하고. 아무튼 꽤 잘 버무려졌네요."

"……."

조용길은 이것 보라며 위대한 탄생 사람들을 봤다.

위대한 탄생도 의외라는 듯 눈을 휘둥그레 쳐다봤다.

웃어 줬다.

이들이 실력을 보여 줬으니 나도 그에 걸맞게 움직여 주는 게 옳았다.

"그런데 조금 의문이 있는데요."

"뭔데?"

"첫 곡 '친구여' 말이에요. 아저씨랑 결이 조금 다르네요. 이거 다른 사람이 쓴 거죠?"

"뭐?!"

"제가 아저씨 노래 좀 들었거든요. 무엇을 추구하는지 정도는 아니까요. 아니에요?"

"그런 것도 보여? 호진아, 얘가 이래."

"어어, 맞아. '친구여'는 내가 작곡했어."

피아니스트 이호진이 순간이동하듯 다가왔다.

"그렇구나. 꼭 아저씨처럼 생긴 곡이네요. 아주 좋아요. 세련되면서도 감성을 잘 표현했어요."

"그, 그래?"

떨떠름한 그를 두고 조용길이 얼른 카세트 플레이어에 내 데모 테이프를 넣었다.

"다들 잠깐만 기다려 봐. 우선 대운이 곡 좀 들어 봐. 그런 다음에 얘기하자."

"곡이 지금 있어?"

"당연하지. 일단 들어."

재생 버튼을 눌렀고 이은아의 노래부터 두마음, 이진한의 노래가 지나가다 '어제 오늘 그리고'가 나왔다.

그때부터 '으음, 괜찮네' 같은 표정이 확 바뀌며 허리가 펴졌다. 분위기가 확 달라졌다.

끼리끼리 모인다고 위대한 탄생도 조용길과 같았다.

아무 말 없이 몇 번이고 되돌려 들었고 한 열 번쯤 들었나? 그제야 감탄성이 나왔다.

"캬~ 씨벌, 아, 미안. 애 앞에서. 미안해. 내 감정이 너무 격해져서 그래. 얘들아, 가사 봤냐? 소주 한잔 안 땡기냐?"

"아, 몰라. 들으면 들을수록 곱씹혀."

"미친 거야. 이건."

"근데 여기에 드럼을 좀 강하게 들어가면 어떨까?"

"오오, 그것도 좋겠네. 기타와 피아노는 곁다리로 가고 드럼이 전체를 끌고 가면 딱 좋을 것 같은데."

"해 볼까?"

영감을 받았는지 우르르 가서 연주에 들어갔다.

플레이어가 시작되자 드럼이 움직였고 피아노 멜로디에 리듬감이 얹혀지며 '어제 오늘 그리고'에 생명력이 더해졌다.

드럼 하나가 추가했을 뿐인데 노래가 이토록 단단해지고 고조될 수 있을까.

기타가 슬금슬금 끼어들었고 키보드가 방해되지 않는 선에서 피아노 멜로디를 도왔다. 베이스까지 저음으로 받치며 얼렁뚱땅 편곡이 완성.

발표했던 곡이랑 거의 같았다.

"……"

할 말이 없었다.

아니, 인정해야 했다. 이들에게서 내가 가진 우위는 오로지 정보뿐이란 걸.

진짜배기들.

그러나 조용길은 아직 배고팠다. 만족감에 얼굴이 상기된 위대한 탄생에게 또 한 번 돌을 던졌다.

"대운아, 네가 대구에 들려준 곡. 다시 불러 줄 수 있어?"

"……그걸요?"

"응, 이 아저씨들에게 들려주면 완성해 줄 거야."

조용길이 위대한 탄생에 눈짓하는 게 보였다. 어서 그렇다 말하라고.

위대한 탄생도 뒤늦게 동조하고 달려들었다.

"불러 줘. 더 있으면 어서 불러 주라. 우리가 다 만들어 줄게."

"자, 잠깐만 공테이프부터 넣고."

옆에 박스채로 있는 공테이프를 하나 꺼내 플레이어에 넣 었다.

덕분에 '어제 오늘 그리고'가 든 데모 테이프는 탁자 위로 갔는데 그걸 보자마자 스위치가 켜진 듯 도저히 참을 수 없는 충동을 느꼈다.

정신없이 사인에 들어갔고 눈 떠보니 '페이트'라고 적혀 있 었다.

'웬 페이트?'

운명?

음악이 내 운명이라는 얘긴가?

컴퓨터 자판을 친구처럼 안고 살던 방구석 폐인이, 출판사님의 채찍질에 마른오징어 진물 짜내듯 스토리를 뽑아내던 쩌리 작가가 음악이 원래 운명이었다고?

날 더러 대체 뭘 어쩌라는 걸까?

그저 몇몇 곡 먼저 만들어서 발표하면 그만이라 생각했는데.

설마 음악으로 사람들을 즐겁게 해 주라는 건가?

혹시 그것 때문에 내가 회귀한 거라고?

에이……

내가 회귀할 시점 K-POP은 세계를 이미 아우르고 있었다. 굳이 내가 아니더라도 잘나갔는데…….

왜?

"대운아?"

"……."

"대운아?!"

"아…….."

"무슨 생각을 그리 골똘히 해?"

"죄송해요. 갑자기 어떤 생각이 들어서."

"괜찮은 거지?"

"예, 괜찮아요."

괜찮다는 데도 머뭇댄다.

그건가?

"아~ 노래요? 지금 불러 드리면 돼요?"

"그렇긴 한데……."

"전 괜찮아요. 시작할까요?"

"정말?"

"좋은 연주도 들었는데 그냥 가면 섭섭하죠."

"오케이, 알았다. 부탁해."

녹음 버튼을 누름과 동시에 내 입에서 '허공', '그 겨울의 찻집', '여행을 떠나요', '킬리만자로의 표범'이 연달아 흘러나왔고 보너스로 '미지의 세계'도 불러 줬다.

7집과 8집을 아우르는 곡들의 향연에 위대한 탄생은 경악으로 물들어 갔다. 조용길은 자신의 선택이 인정받자 더욱 뿌듯해했다.

작업실이 순식간에 숙연해졌다. 누구는 천장을 보았고 누구는 긴 한숨을 내뱉었고 누구는 혀를 찼다.

위대한 탄생이 나를 대하는 태도가 달라진 건 당연한 수순이었고 이렇게 첫 대면식을 마쳤다.

"할매, 한복이 잘 어울리네. 곱다."

"호호호, 긋나?"

"우리 할매가 이렇게 고울 줄은 몰랐네. 반하겠는데."

"긋나? 우리 대운이도 영화배우보다 더 잘생깄다."

231

"그래? 내가 그리 잘생겼나?"

"그럼, 세상에서 최고다."

조손이 오순도순.

아침부터 할머니는 한복을 곱게 차려입었고 나는 새로 맞춘 정장에 나비넥타이를 맸다.

오늘은 일일학습과 계약식이 있는 날.

서울 올라오자마자 이사 사실을 알렸고 일일학습에서는 일주일이 안 돼 연락이 왔다. 오늘 오라고. 그러고는 나랑 할머니의 옷을 사 입혔다.

"벌써 준비 끝났네. 가자. 아래에 재한이가 기다리고 있다."

이 일은 당연히 조용길의 귀에도 들어갔다.

말려도 부득불 에스코트해 주겠다며 아침부터 부산을 떨고.

일일학습 측에서도 조용길이 온다니 당연히 좋아했다. 행사를 더 크게 만들 거라며 신나 했는데.

어쨌든.

차는 성수동으로 직행했다. 80년대 서울의 강남을 가로질러.

볼수록 감회가 새롭다. 2020년과 단순 비교하는 것만으로도 엄청난 변화가 느껴질 정도.

영동대교를 타도, 거의 방치되다시피 한 뚝섬도…… 자꾸 보여서 그러는데 지나는 길마다 예전 보았던 커다란 빌딩들이 그려졌다.

저 낡은 건물들이 얼마 안 가 싹 밀리고 엄청나게 높은 빌딩이 들어서는 걸 저 동네 사람들은 알고 있을까?

'지금 사면 대박 날 텐데.'

2000년대에 들어 유행한 말 중 하나가 바로 조물주 위에 건물주님이라고 했다.

말도 안 되는 비교군인데.

그만큼 매력적이라는 뜻이 아니겠나.

잘생긴 건물 하나만 있으면 대대손손 돈에서는 자유로울 테니.

그 순간 번뜩하며 어떤 사실을 떠올랐다.

'뭐야? 왜 남 얘기하듯 하는 거지? 어랍쇼. 그러네. 내가 사면 되잖아.'

돈도 1억5천이나 있다.

어디 눈먼 땅 하나 잡으면……!

'어! 아직 발표 안 됐지? 맞아. 오대길이가 덤비지 못한 게 걘 88년도 회귀라서잖아.'

나는 83년도 회귀다.

80년대 후반에 광풍처럼 부는 부동산이 어디에 있는지 잘 알았다.

'신도시.'

강남에 계속 자리 잡는 것도 나쁘지 않지만 지금 그쪽 땅값은 2천 원도 안 한다.

두근두근 심장이 벌렁댔다.

아직 신도시에 대해서는 일절 계획도 없을 때라.

지금 사면 보는 눈에서도 자유롭다.

전율이 짜르르 울렸다.

'미친!'

눈앞에 떼돈이 쏟아지고 있었다.

물론 음악적 성공으로도 돈은 많이 벌 것이다. 그것만도 일반인은 평생 못 보는 돈이 내 손에 떨어지긴 할 텐데.

알잖나. 돈은 많을수록 좋다는 것.

'일단 곰곰이 생각해 봐야겠어. 잘하면 손 안 대고 코 풀 수 있겠는데.'

쾌재를 부르는 사이 자동차는 성수동 공장 골목에 도달했고 그중에서도 가장 큰 건물인 일일학습 주차장에 섰다.

일일학습 관계자가 기다렸다는 듯 에스코트를 하였다.

조용길은 마치 자기가 계약하러 온 모양으로 앞장섰는데.

식장에는 큰 플래카드가 붙어 있었고 직원들이 일렬로 서서 우릴 반겼다.

다들 조용길을 반기는 분위기였지만 어쨌든 군부가 다스리는 시대 아니랄까 봐 모든 게 다 군대식이었다.

김영현 사장은 1+1처럼 딸려온 조용길을 허투루 보낼 만큼 어수룩하지 않고 조용길은 기꺼이 3곡이나 약속했다.

"아마 너는 아직은 작은가 봐. 그런가 봐. 아빠야! 나는 왜. 자꾸만 졸리지. 아빠야! 나는 왜~ 갑자기 뛰고 싶지."

고추잠자리였다.

개떡 같은 음향 시스템이라도 가수에게 음원이 든 테이프는 손이고 발이고 늘 같이 다녀야 할 친구인지라 금세 무대가 꾸려졌고 계약식도 조용길 리사이틀로 변모됐지만, 모두가 좋아했으니 나도 좋았다.

계약 당사자 따위 기억에 없어도 된다.

나는 이미 신도시로 보상받았으니까.

그렇게 나 혼자 내적 즐거움을 만끽하고 있을 때 북악산 기운을 잔뜩 받은 푸른 지붕 안에서는 내가 없는 사이 나를 판단하는 아주 희한한 일이 벌어지고 있었다.

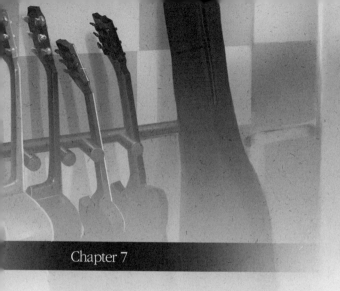

"어서 오시오. 지 교수."

"각하, 처음 뵙겠습니다!"

난데없는 청와대의 호출에 지천호 교수는 당황했지만 침착하려 애썼다.

그러나 나대는 심장은 아무리 의지를 잡아도 도통 진정할 기미가 없었고 벌벌 떨리는 손은 그 당혹을 더 부추겼다. 청심환 두 개도 아무 소용없었다.

"반갑소. 갑작스레 먼 길 오시었소."

"아닙니다! 부르시는데 열 일을 제쳐 두고 달려와야 도리입니다!"

"허허허, 거 너무 경직돼 있군. 편하게 하시오. 나 그렇게 꽉 막힌 사람 아니오."

청와대의 주인이 환하게 웃으며 최대한 풀어 주려 하나 그걸 곧이곧대로 믿지 않는 내공 정도는 가지고 있었다.

"아닙니다! 워낙 영광스러운 자리라 제가 감당 못 하는 것뿐입니다! 좋게 봐 주십시오!"

"그래요? 허허허, 사람 참……. 내무부 장관."

"예, 각하."

"우리 지 교수 좀 풀어 주소. 이러다 얘기 나누기도 전에 쓰러지겠소."

"알겠습니더."

전두한 하나만으로도 버거운데 노태운까지 다가오자 지천호는 하늘이 노래지는 것 같았다.

하지만 그걸 내색하지 않는 내공도 가지고 있었다.

"지 교수님, 편히 계시소. 여도 사람 사는 데 아입니꺼."

"알겠습니다! 죄송합니다!"

"죄송하기까지야. 우리 대구의 미래를 책임지고 계시는 분인데. 지도 우리 대통령 각하도 다 대구 출신이나 마찬가지 아입니꺼. 동향 사람끼리 잘 지내 보입시다."

물론입니다.

저도 잘 지내는 거 아주 좋아합니다.

"알겠습니다! 감사합니다!"

"같이 웃어 볼까요? 하하하하하."

"아옙. 하하하하하."

"웃으니까 얼매나 좋습니꺼. 더 웃어 보입시더. 하하하하하."

"하하하하하하."

죽을 것 같다.

살살 잘 웃는 노태운과 그럼에도 표정 변화 하나 없는 엄격의 전두한은 취향부터 성향까지 모두 달랐지만 묘한 공통점이 있었다.

태어난 곳은 서로 달라도 둘 다 대구에서 수학했다는 것.

육사 11기 동기이고 보안사령관을 역임하고 대통령까지 찍었다는 것.

그리고 대구에 대한 각별한 애정이 있다는 것.

그러나 이 순간 지천호에겐 둘 다 호랑이 아가리나 마찬가지였다.

"자자, 슬슬 시작해 볼까요?"

"예, 옙."

"하이고, 안 되겠네. 각하, 그냥 시작하면 좋겠는데예. 이 사람, 몸살 나겠심더."

"그래요? 사람 참, 간이 콩알만 해가지고. 그럼 내무부 장관이 진행하시오."

"예."

도대체 뭘 진행하겠다는 건지 등줄기로 식은땀은 흘러내

리고 숨은 턱까지 차고 머리는 새하얘지고.

당장에라도 눈 까뒤집고 넘어갔으면 좋겠건만 기절도 안 하고.

그사이 노태운이 스크랩해 온 신문을 보여 줬다.

익숙한 얼굴이었다.

"……!"

"이번에 우리 대구에서 귀한 아가 나왔다지요?"

"아, 아옙."

"IQ가 190이라 카대예."

"여~ 지 교수, 그 IQ 190은 어떻게 되는 거요? 공부를 잘하면 그리되는 거요?"

진행하라 해 놓고 툭 끼어드는 전두한이었다.

뭐 이런 질문이 다 있나 싶었지만.

지천호는 당황해하지 않았다.

"그게…… IQ 지수는 뭘 잘해서 받는다기보단 뭐든 잘할 수 있는 잠재력을 수치화시킨 것입니다."

"잠재력?"

미간을 찌푸리는 것이 조금 더 설명이 필요한 눈치라 말을 더 이었다.

"더 말씀드리자면 인간의 지능은 대략 80에서 뛰어난 이가 130 정도 됩니다. 돌고래 IQ가 60~90 정도 되고예."

"뭐라고?! 돌고래보다 못한 놈이 있다고?!"

전두한 퍼뜩 놀란다.

'예, 너님'이라고 말해 주고 싶었으나 지천호는 인내심도 가지고 있었다.

덕분에 긴장감이 조금 풀렸다.

"원래 인간 지능이 100만 넘어도 준수한 편입니다. 전 세계 평균이 90도 안 되니까예."

"그 정도……예요? 허어, 사람이 돌고래랑 비슷하다니. 저기 미국도 그러오?"

"거기는 100도 안 됩니다. 대부분의 나라가 100이 안 됩니다."

"허어…….."

한숨을 푹 내쉰다.

지천호는 지금이 바로 아부 타이밍이라는 걸 캐치했다.

"이게 바로 교육의 힘입니다. 얼마나 잘 교육하고 지원해 주냐에 따라 돌고래보다 못한 인간이 되느냐 문명의 이룩에 크게 이바지하느냐로 갈립니다. 그렇게 따지면 대한민국의 교육은 최고 수준입니다."

"그러오?"

반색한다.

"네, 맞습니다. 6·25 이후 아무것도 없는 땅에서 이만한 성장을 이룬 나라는 세계 어디에도 없습니다."

"그건 맞지. 그럼! 그게 맞겠지. 하하하하하, 맞소. 당연히 자부심을 가져야지."

"대운이도 마찬가지입니다. 머잖아 우리의 자부심이 될 테니까예."

"하긴 남들 다 100에서 노는데 혼자 190이면 엄청나겠소."

"세계에서도 0.1% 안에 드는 수치입니다."

"0.1%?"

"뭘 하든 1등이 될 수 있다는 얘깁니더."

"세계 1등!"

"예, 과학이든 철학이든 예술이든 하고자 하면 무조건 1등을 달릴 겁니다. 우리 대운이는."

"이야~ 이거 굉장하군."

그제야 장대운의 가치를 발견한 듯 안면이 확 퍼지는 전두한이었다.

"하하하하하, 이거 대구 터가 좋나 보네. 본인도 있고 내무부 장관도 있고 천재도 있으니까. 내무부 장관. 어떠시오?"

"말 나온 김에 치적으로 삼는 건 어떻겠습니꺼?"

"치적?"

"각하 치하 때 나온 천재 아닙니꺼? 좋은 징조 같은데."

"오오, 그거 좋아. 아주 좋아. 하하하하."

웃어 대는 전두한 얼굴에 대고 지천호는 '대운이는 77년생이다, 이놈아'라고 외치고 싶었지만, 순간의 충동을 이겨 낼 정도의 내공도 가지고 있었다.

그러다 정신이 번쩍 들었다.

'가만……. 이놈들 대운이를 데려다 막 이상한 숫자 써 놓고 계산시키는 거 아냐? 여기저기 끌고 다니면서 유세 떨고. 그거 대운이가 무지하게 싫어하는 건데. 설마…… 아냐. 이놈들이라면 충분히 그러고도 남아. 내가 이럴 게 아니지.'

천재는 범재가 이해할 수 없기에 천재였다.

그 귀한 가능성을, 그 귀한 싹을, 부드러운 붓 터치도 아니고 포크레인으로 다루는 건 말도 안 되는 일이었다.

단단히 마음먹고 한마디 올렸다.

"각하, 대운이의 장기는 단순히 산수 잘하고 잘 외우고 문제를 잘 푸는 게 아닙니더."

"으응? 그게 무슨 소리요? 문제를 잘 풀어서 능력이 있는 거 아니오?"

역시나!

"절대 아닙니더."

"그럼 뭐로 그 아이가 천재인지를 판단하오?"

"지능의 가능성은 이미 IQ 지수로 판명 났지 않습니꺼. 다른 테스트로 혹사시킨다면 천재성의 소모로 이어질 수 있습니더."

닳을까 벌벌 떨어도 모자랄 판에 어딜 막 굴리려고.

"뭐야? 천재성도 소모되오?"

표정이 살짝 일그러진다.

가까이 왔던 허리가 뒤로 젖혀졌다.

분위기가 이상했지만, 지천호는 일단 밀고 나갔다.

"에, 장성할 때까지 이어지는 경우가 드뭅니더."

그런 아이들이 많으니까요.

"그럼 아무것도 아니잖소."

"예?!"

"반짝하다 사라질 거면 굳이 신경 쓸 필요 있나. 그러려면 더 많은 아이에 투자하는 게 낫겠지. 안 그래도 나는 주변에 아새끼들 왔다 갔다 하는 거 영 난잡스럽다."

말 도중에 자기 혼자 결론 내리고 기대감이 싹 사라진 얼굴이 되었다.

"여~ 내무부 장관."

"예, 각하."

"지 교수 잘 모시소."

"……알겠습니다."

대답을 듣자마자 일어나는 전두한을 본 지천호는 당황했다.

무슨 잘못이라도?

어쩔 줄 몰라 했으나 노태운이 아무 말 말고 가만히 있으라는 눈짓을 줬다.

"지 교수, 내 바쁜 일이 있어 먼저 가 보오. 지 교수는 서울 온 김에 밥 한 그릇 잘 자시고 가시오. 내무부 장관이 좀 챙기소."

"예."

툭 나가 버리는 전두한.

찬바람이 쌩 불었다.

노태운도 어금니를 악물었다.

"씨이, 멀리서 사람 불러 놓고. 싸가지 없이."

"……."

이게 무슨 일인지.

"지 교수님, 미안합니다. 고마 나갈까예?"

"아예."

노태운을 따라 나가긴 하나 너무 무서웠다.

행여나 심기라도 거슬렸다면…….

"걱정 마이소. 원래 그래예. 흥미가 떨어진 겁니더. 별일 없을 거라예."

"……그렇습니꺼?"

"잘 저래예. 방금도 봤지 않습니까. 우짜는지. 지금 일국의 내무부 장관이 여기서 이러고 있는 거 안 보이십니꺼? 멀쩡한 비서들 놔두고."

"아, 죄송합니더."

"지 교수님이 무슨 잘못이 있겠습니꺼. 다 친구 잘못 만난 내 팔자지."

대기 중인 차에 올라탔다.

이제 겨우 가나 싶었는데 무슨 일인지 노태운도 같이 탔다.

차는 스무스하게 출발했고 옆자리에 앉은 노태운은 아까

의 불쾌감은 다 잊었는지 피식 웃으며 다가왔다.

"아까 하던 말이나 계속해 보이소. 듣다 보니까 지 교수님이 갸를 무척 아끼는 것 같던데."

"아, 대운이요? 예, 맞습니더. 대운이는 진짜 천재니까예."

"……소모된다고 하지 않았습니꺼?"

"막 돌리면 그럴 수도 있다는 겁니더. 대운이 같은 아들은 그냥 놔두는 게 제일 현명하니까예. 도와 달라면 그때야 도와주고."

"보호……하라는 말씀이지예?"

"예."

"교수님이라면 어떻게 보호하겠습니까?"

"저라면 국보 1호처럼 다루겠습니더."

망설임없는 대답이었다.

"국보 1호라……. 그 정도란 말이지예. 그럼 아까 갸의 장기를 말하다 말았는데 뭘 잘한답니꺼?"

"수학도, 과학도, 철학도 다 잘할 테지만 그런 건 대운이의 진짜 장기에 비하면 아무것도 아닙니더."

"진짜 장기요?"

"예."

"뭔데요?"

"삶에 대한 통찰력입니더."

"통찰력?"

지천호는 단언할 수 있었다. 장대운의 힘은 바로 거기에서 나오는 거라고.

　"장담하지만 이런 유의 천재는 역사에서도 몇 없었습니다."

　"역사까지 나옵니꺼?"

　"나와야지예. 문제 잘 풀고 달달 잘 외우고 연구 잘하고 그림 잘 그리는 천재는 지금껏 수도 없이 태어났습니다. 그런데 통찰력은 완전히 다릅니다."

　"자, 잠깐만, 그 통찰력도 머리가 좋아야 되는 거 아닙니꺼?"

　"물론 그 재능이 있어야 하겠지만, 통찰력은 유달리 지혜와 연동됩니다. 즉 경험이 필요한 거지예."

　"아아~ 경험! 하긴 시간이 좀 묵어야 풀리는 문제들도 있으니까. 근데 아직 잘 이해를 못 하겠는데 그게 얼마나 대단한 겁니꺼?"

　"그게…… 저도 잘 설명이 어렵습니다. 본 적이 없어서."

　"비교도 안 됩니꺼?"

　"아! 그건 됩니다. 순전히 제 추측이라 어느 정도 감안을 하고 들으셔야 하는데 동양에서는 주역에 주석을 단 왕필이 그럴 테고 서양에서는 만물박사 레오나르도 다빈치가 될 겁니다. 하지만 전 대운이가 더 뛰어나다고 봅니다."

　"그네들보다도요?"

　"왕필은 이십 세 때 꽃을 피웠고 레오나르도 다빈치는 서른이 넘어서였습니다. 하지만 대운이는 이제 일곱 살입니다.

일곱 살."

◇ ◆ ◇

"저…… 대운아."

"예."

"저기…… 그게……."

"……?"

돌아가는 차 안,

아까부터 뭐 마려운 강아지처럼 안절부절못하는 조용길이라.

집에 가까워질수록 배배 꼬는 게 더 심해졌는데 무슨 일이
있는 것 같았다.

"왜요?"

"아니, 그게……."

판을 깔아 줘도 말을 못 하는 조용길을 두고 운전하던 유재
한이 나섰다.

"에효, 형님, 그냥 제가 말할게요. 대운아, 형님이 네 노래
를 다음 앨범에 넣고 싶단다. 괜찮지?"

"다음 앨범요?"

다음 앨범이면…… 6집?

6집이라.

6집은 전혀 생각해 본 적 없었다. 내가 불러 준 노래는 7집

과 8집의 타이틀이었으니까.

그러고 보니 6집에 대해선 유독 아는 게 적었다.

무슨 일이 있었나? 히트한 노래가 없었나?

아무튼 안 된다.

미래 정보는 나의 힘.

그걸 훼손하는 건 바보 같은 짓이었다.

"생각해 볼게요."

"왜?!"

"생각해 본다고요."

"그냥 하자. 생각하지 말고."

"왜요?"

"네가 안 도와주면 내년에도 또 머리 싸매고 누워야 한다고."

"예?"

무슨 소린지.

"형님이 매년 한 장씩 앨범을 내기로 계약돼 있어. 1집부터
지금까지 쉬지 않고 달려온 건데. 더는 힘들어. 쉬어야 해."

"아……."

갈리는 건 공돌이들만의 문제가 아닌 것.

그나저나 천하의 조용길도 혹사당하고 있었다니.

하지만 나로서도 안 되는 이유는 명확했다. 이들을 달래야
하는 이유도 역시.

"일단 곰곰이 생각해 볼게요. 6집까진 아직 시간이 있잖아요."

"그렇긴 하지."

"아저씨에게 도움이 될 방향으로 움직일 테니까 너무 신경 쓰지 마세요. 아저씨가 이렇게 도와주는데 외면하면 그게 사람인가요? 제가 또 우리 할매한테 그렇게는 안 배웠어요. 그 쵸? 할매?"

"암, 암, 사람이 은혜 저버리면 짐승이지. 좀만 참아 보소. 대운이가 좋게 생각해 보겠다 캤으니 좋은 게 나올 낍니더."

"아예, 감사합니다."

"대운아, 고맙다."

아무래도 그 시점이 온 모양이다.

내가 앞으로 벌일, 지금도 벌이고 있는 짓거리에 대한 진지한 고찰이.

당연한 일이었다.

내가 꺼내는 노래는 내가 만든 게 아니니까.

더 정확히 말하면 완벽한 표절.

'데모 테이프를 만들 때만 해도 아무 생각 없었는데.'

조용길과 만나며, 그가 노래로 기뻐하는 모습을 보며, 내가 하는 짓이 과연 정말 맞는 것일까란 생각이 들었다. 그게 자칫 의도와는 달리 크게 변질될 수도 있음도.

예를 들어, 내가 마이클 잭슨을 표절한다고 치자 그의 곡을 내 마음대로 먼저 선점해서 뿌려 버리는 순간 어떤 일이 벌어질까?

세계를 감동시킨 위대한 가수가 사라지는 것이다.

황당한 일이었다.

내 장난질에 세계인이 누릴 기쁨이 사라진다는 게 너무 이상했다.

그러니까 그딴 짓 안 해도 이젠 먹고 사는 데 지장이 없을 것이다. 굳이 그렇게까지 할 필요가 있냐는 것.

이게 참 미묘했다.

내가 작가 출신이라서 그런지 특히나 싱어송라이터들의 음악은 더더욱 난해했다.

조용길부터 시작해 작사, 작곡, 편곡까지 다 하는 인재들이 80년대 후반부터 줄기차게 쏟아져 나올 판인데 또 그런 인물들이 하필 시대를 풍미하는 뮤지션이 된다.

이들의 정당한 영광까지 내가 가로채는 게 맞는지 헷갈렸다. 나랑 아무 원수진 것도 없는데 말이다.

그래서 일단 분류해 봤다.

내가 건드려도 될 것과 안 되는 것들.

지금이 아니면 안 되는 것들.

어떻게 해도 포기가 안 되는 것들.

그리고 지금 내가 가진 것들.

목록들을 차례로 적어 놓고 감상하는 시간을 가졌다.

불멍 때리듯 조용히 집요하게 아주 오랫동안.

그리고 나서야 어느 정도 실마리가 보였다.

"흐음, 역사의 큰 흐름만 건들지 않는 수준이면 양심이 허락한다는 거지?"

대충 끄덕이는데.

또 이런 생각이 불끈 들었다.

"그럼 돈벌이는? 사업은? 정말 음악만 줄기차게 파야 하는 거야? 결국 그것도 돈벌이 때문에 시작한 거 아냐?"

가만히 돌이켜 보니 답정녀도 이런 답정녀가 없었다.

시작하는 단계 주제에, 하루에도 열두 번씩 마음이 오락가락하는 주제에, 어디에서 자꾸 FM논리를 따지는지.

집중해야 했다.

음악 한다고 좋은 사업성을 남 줘야 하는 건 나부터도 이해 못 시키겠다. 나만 알고 지금이 아니면 안 되는 것들이 천지에 널렸는데 미쳤다고 남을 줘야 할까?

"다는 못 가지더라도 챙길 건 챙기는 게 맞지."

나는 회귀자였다. 미래 정보를 가진 최강의 가능성.

현대물 쓰던 작가였고 엔터물을 준비하다 이곳에 떨어졌다.

"나밖에 없어. 오직 나밖에."

룰은 내가 만드는 것이다.

주 타겟은 당연히 음악이겠지만.

1980년부터 2020년까지 연도별로 다운받은 명곡만 20기가가 넘는다. 그깟 싱어송라이터들이 뭐라고. 조용길에게도 이미 곡을 준 주제에.

"같잖은 짓거리를 했어."

내가 편 논리에 내가 묶이는 꼴을 보였다.

얼마나 바보 같은 짓인지.

마음이 내키는 대로 갈 것이다.

그게 내 룰.

다른 건 멀티로 하면 된다. 멀티. 회사 다닐 때 늘 하던 짓이 멀티였고 그 빌어먹을 습관은 여전히 남아 있었다.

기분이 확 풀렸다.

설레는 가슴으로 지금 아니면 안 되는 것들로 다시 뽑아냈다. 그중에서도 가장 덩어리가 큰 두 개를 노트에 적었다.

디트리힌 마테슈윈츠, 손 마사욘시.

이들에 대해 잠깐 설명하자면,

디트리힌 마테슈윈츠는 오스트리아 출신으로 1983년 현재 서독 치약 회사인 Blendax사의 마케팅 전문가로 활동하고 있었다.

"이 사람이 앞으로 세계 음료 시장의 40%를 석권한 거지? 일의 시작은 작년이고."

1982년 작년, 마테슈윈츠는 휴가차 태국 여행을 하게 된다. 나이도 젊지 않고 긴 여행에 시차 적응이 힘들 때 우연히 마신 드링크제 하나에 신세계를 보게 된다.

"끄라팅 댕댕이라는 태국의 국민 자양강장제였지? 지금쯤이면 자료 조사와 함께 사업 계획서를 만드느라 정신없을 거야. 그걸 들고 내년 84년에 태국으로 들어가 합작법인을 추진할 것이고."

그래서 탄생된 음료가 바로 레드볼이었다. 전 세계 수험생들의 필수 지참 음료.

"이 사람이 TC Pharmaceutically사의 사장인 차리야오 위탄야와 만나는 순간 레드볼은 내 손에서 벗어난다. 2017년 연간 매출 70억 달러짜리 회사가."

이에 비하면 손 마사은시는 비교적 시간이 여유로웠다.

"일본 거대 그룹인 소프트뱅크 그룹의 효시가 재작년인 81년에 설립되긴 했으나 현재 중증 간염 진단을 받고 시한부 인생을 선고받았다지?"

나중에야 기적적으로 회복해 복귀하긴 하는데 이때 소프트뱅크는 10억 엔의 빚과 직원들의 사표로 최악으로 치닫는다. 나간 직원들은 지들끼리 회사를 세우고 개막장이 되는 것.

"소프트뱅크를 먹어야 하나? 단 20%만 가져와도 재산이 조 단위를 가볍게 찍을 텐데. 아닌가? 그 빠끔이가 순순히 보따리를 내놓겠어? 차라리 내가 목줄을 쥐는 게 낫겠지."

즐거운 상상이었다.

목줄만 채우면 하고 싶은 것 다 하고 살아도 다른 사람이 벌어다 주는 돈으로 부귀영화를 누린다.

하나만 잘 엮어도 영세토록 불로 소득이 실현되니 어찌 덤비지 않을 수 있을 쏘냐.

물론 사전 작업도 좀 필요하고 초기 자본도 있어야 하긴 한데.

"손 마사온시야 그렇지만 마테슈윈츠를 어떻게 한국으로 데려오지? 한국이 어디에 붙었는지도 모를 텐데. 그게 관건이로군."

내가 가면 참 좋은데. 못 간다.

안 가는 게 아니다. 아직 우리나라는 해외로 나갈 수 있는 사람이 한정적이다.

비즈니스를 위해서만 일부 비자를 내주는데.

일곱 살짜리한테 비즈니스 비자를 내줄 미친 인간은 없었고 편법으로 갔다가 나중에 문제가 되는 건 싫었다.

"일단 체크."

할 게 많았다. 분당 땅도 사야 하고 작곡도 해야 하고 욕심나는 일이 참 많은데 통장에 든 돈이 고작 1억5천.

일곱 살이 가지기에 말도 안 되는 큰돈이라도.

세상이란 게 원래 상대적이지 않겠나?

"돈이 필요해. 그것도 지금 당장."

어디에서 구해야 할까?

내 일을 전적으로 봐줄 사람도 필요하다.

나이 제한이 너무 뼈 아팠다. 스무 살만 돼도 할 수 있는 게 참 많을 텐데.

고개를 털었다.

"안 되는 건 미련 갖지 말고. 되는 것만 일단 하자. 하다 보면 어떻게 되겠지."

아쉬움을 뒤로 하고 우선 내가 할 수 있는 것들을 적어 봤다.

확정된 건 일일학습 컨설팅과 CF.

가장 빨리할 수 있는 건 곡을 쓰는 것.

"빨리빨리 처리해야겠어. 나중엔 바빠질 거야."

다음 날이 되자마자 조용길에게 전화를 넣었다. 오전에 용무가 있다고 오후에 데리러 온단다.

마음은 조급한데 시간이 많이 빈다.

괜히 미적거리려니 차라리 할머니를 모시고 산책하러 나갔다.

"여기 괜찮죠?"

"그렇긴 하네. 평화롭고 살기 좋은 것 같다. 날씨도 좋고."

"할매 마음을 묻는 거예요? 여기 오래 살아도 될 것 같아요?"

"할매? 할매는 맨날 시장판에 있어가꼬 잘 적응이 안 되네."

"다시 시장에 나가고 싶으세요?"

"아이다. 내는 우리 대운이 지켜야제. 할매가 어딜 가노. 우리 대운이 대학까지 보낼 때까지 옆에서 꼭 지킬 거다."

"그죠? 어디 안 갈 거죠?"

"하모. 할매가 가긴 어딜 가노. 우리 대운이 놔두고."

손잡고 지금은 한강 고수부지라 불리고 나중에 한강 둔치,

2000년이 넘어서는 한강 공원으로 불릴 곳을 구경하였다. 강변을 노닐고 유람선 선착장 자리도 지나갔다.

그렇게 두어 시간 돌다 아파트 단지로 돌아오는데.

앞서 걷던 젊은 아주머니가 갑자기 멈칫, 등에 멘 포대기를 풀고 아기를 내리는 것이었다.

할머니는 지나며 스윽 말을 붙였다.

"똥 쌌나 보네. 아이고, 기특도 해라."

"아하하, 그렇네요."

"몇 개월입니꺼?"

"5개월이에요."

"하이고, 황금 똥이네. 건강도 하여라. 이쁜 것."

아기가 똥 싼 게 그렇게 대단한 일이라고 칭찬을 해 준다.

얼른 점심부터 먹고 조용길을 기다려야 하는데 도통 갈 기미가 없었다. 도란도란 어느새 집안 사정을 파악하고 떠들면서도 젊은 아주머니는 능숙하게 뒤처리를 하고 있었다.

새로운 기저귀를 꺼내 사타구니를 감싸고 고무줄로 채우는 일련의 과정을 물끄러미 지켜봤다.

"!!!"

순간 유레카를 외쳤다.

"기저귀!"

일자형 기저귀였다. 찍찍이도 없어 노란 고무줄로 묶어야 하는 기저귀.

난 팬티형에 샘 방지 커버까지 장착된 걸 본 사람이다.

돈이었다. 너무 좋아 머리를 쥐어뜯을 뻔했다.

점심을 먹는 둥 마는 둥.

무슨 정신으로 조용길의 작업실로 향했는지 모르겠다.

도착하고 나니 위대한 탄생이 반갑게 환대하였다. 새 기분으로 조용길 6집과 새로운 작업에 대해 제안하려던 순간.

"자자, 이거 한 잔씩 하고 해요. 달달하니 마시기 참 좋습니다."

유재한이 바쿠스 한 박스 들고 와 한 병씩 돌렸다.

마개를 습관적으로 비틀어 한 모금 마시는데.

옴마야!

다시 유레카를 외쳤다.

"아, 왜!!!"

굳이 왜 태국과의 연결로만 생각했을까.

우리나라에도 이렇게 당당히 에너지 드링크가 있는데.

심지어 이건 비타민 B도 많아 성분이 더 좋았다.

또 어떤 기억이 떠올랐다.

일본의 한 제약 회사에 합병된 동안제약.

시대의 요구를 따라가지 못하고 쪼그라들다 폭망한 케이스라고 기사에 적혀 있었다.

계산기가 파바박 돌았다.

잘만 하면 맛있는 요리가 탄생될 것 같은 예감이다.

하지만 이것도 역시 돈이 없어 불분명하였다.

"아아……."

"왜 그러니. 대운아?"

"아, 몰라요. 너무 억울해요."

"으응? 억울하다고? 누가 괴롭힌 거야? 누구야? 누가 감히 우리 대운이를 괴롭혀?!"

조용길이 제 일처럼 나서나 바쿠스 때문이라고 말하진 못했다.

"그런 게 아니에요. 머릿속으로는 좋은 것들이 막 지나가는데 할 수 있는 게 없어서 그래요. 돈이 없어서."

"뭔데? 무슨 일인지 말을 해. 이 아저씨가 도와줄게."

두 팔 걷는다.

말만 하면 지갑을 열 것처럼.

"아니에요. 적은 돈이 들어가는 게 아니라서……. 아니에요. 그냥 참고 말지."

"뭔데? 아저씨 돈 많다. 뭐가 또 필요한데?"

자꾸 돈돈 하는데.

"아저씨, 진짜 돈 많아요?"

"그야……. 좀 있지."

내 기세가 무서웠는지 살짝 움찔하다 질 수 없다는 듯 가슴을 더 내미는 조용길이었다.

"그래서 얼만데? 얼만데 그렇게 우거지상이야?"

"진짜 말해도 돼요?"

"말해."

"하고 싶은 거 다 하려면 최소 10억은 있어야 할 것 같아요. 있어요?"

"10억?!"

입을 떡 벌린다.

기껏해야 몇천 예상한 모양이다.

"없죠? 하긴 버는 족족 다 장비 사는데 돈이 있을 리가 있나요. 됐어요. 그냥 제 욕심이 과해서 그런 거예요. 실망 안 할게요."

말하면서도 별 기대감은 없었다. 1, 2, 3, 4집 죄다 대박 히트 쳤는데도 아직까지 전세 사는 양반이 무슨 돈이 있다고.

줄줄 새는 거다. 우리 집도 사 주고…….

하지만 반전은 있었다.

"그래도 1억은 있어."

"1억이나 있어요?"

"혹시 몰라 쟁여 둔 게 있어. 사고 싶은 장비가 생길 수도 있으니까."

장비를 위해 꿍쳐 둔 돈.

얼마 되지 않은 돈인데.

그마저도 아쉬워 멋쩍어하는 그에게 던져 봤다.

"그거 저에게 다 투자할 수 있으세요?"

"1억을 다?"

"네."

"어디에 쓰려고?"

"당연히 재투자하려는 거죠. 좋은 데다."

"투자?"

"돈 벌려고요."

"돈? 돈이라면 충분한……."

겨우 그거냐는 표정이길래 얼른 말을 끊었다.

"아니죠. 그렇게 보시면 안 돼요. 아저씨 같은 경우에는 훨씬 더 절실해요. 죽을 때까지 음악 하고 싶으시잖아요."

"그야…… 그렇지."

"원 없이 음악 하려면 뭐가 필요하죠?"

"으음, 열정?"

"아니죠. 돈이죠. 이 악기들이 땅 파서 나왔어요?"

"어! 그러네."

확실히 돈 개념이 없다.

음악만 있다면 뭐든 아무 상관 없는 사람.

찐 예술인.

"돈 우습게 보면 안 돼요. 누가 뭐래도 돈이 많아야 돈에 안 휘둘려요. 1년에 한 번씩 열 곡이나 되는 앨범을 내며 영혼이 갈리는 이유가 뭘까요? 돈 있었으면 이상한 계약 같은 건 하지 않아도 됐잖아요. 오늘 모인 것도 사실 그 때문이고."

"그러네……."

"투자하세요. 제가 그 돈 불려 드릴게요."

263

"대운이 네가?"

미심쩍다. 이럴 땐 치트키밖에 없었다.

"아저씨, 제 머리 잊었어요? 대한민국에서 저보다 똑똑한 사람 없어요. 세계에서도 저보다 똑똑한 사람은 몇 안 될 거예요."

"흐음……."

고민한다.

나도 담담했다.

사실 감사했다.

조용길에게 1억이란 앨범 한 장 내면 쉽게 벌 수 있는 돈이라 해도,

단순 가수였다면 벌써 기십 억은 충분히 모았을 거라고 해도,

고민하는 척해 줘서 고마웠다.

난 일곱 살이고 겨우 일곱 살이었다.

그래서 더 가볍게 던질 수 있었다.

받으면 좋고 안 받아도 크게 충격은 없을 테니.

"하나 물어봐도 돼요?"

"응, 물어봐."

"혹시 제 나이가 어려서 망설이시는가 궁금해서요?"

"그건…… 아니고."

"맞네."

"그럼 하나 더 물어볼게요. 제가 1억 벌려면 얼마나 걸릴 것 같나요?"

"그야······."

금방이다. 얼마 안 걸린다. 중요한 건의 시기여서 그렇지 1억은 내게 문제가 안 된다.

그걸 조용길도 알았다. 일일학습과 맺은 계약서도 두 눈으로 봤으니까.

"이래도 힘드세요? 아저씨 노후를 위한 일인데도요? 저기 아저씨들도 노후를 편하게 보내시고 싶으시면 지금 기회를 잡으세요."

위대한 탄생에게도 던졌다.

"우리도?"

"우리도 돈 내야 해?"

"돈 내는 게 아니고 투자요. 투자. 안 하셔도 되는데 기회를 드리고 싶어요. 나중에 안 끼워 줬다 딴말하실 것 같아서요."

다시 조용길을 봤다.

더 망설이면 제안을 철회하겠다.

그러자 조용길도 더는 머뭇대지 않았다.

"아니다. 나도 망설이지 않을 거다. 다만 하나만 약속해 주라."

"뭔데요?"

"나랑 계속 음악 해 줄 것."

"에엑! 겨우 1억에 절 전속으로 쓰시겠다고요?"

농담으로 던졌는데.

"아니, 그건 아니고. 그래, 음악 친구. 동반자 같은 거."

다큐로 받아들인다. 얼른 달랬다.

"그건 지금도 하고 있잖아요. 제 곡도 드릴 생각이고요. 앞으로도 계속 같이 음악할 생각도 있어요."

"그게 정말이야?"

"그럼요. 가왕으로 불리는 모습을 반드시 보고 말 거거든요. 바로 옆에서 말이죠."

"뭐야?! 그게 무슨 소리야?! 갑자기 가왕이라니."

"가왕?"

"오오, 가왕이라……. 이거 듣기 좋은 정도가 아니라 짜릿한데."

"가왕 조용길이라. 왠지 삼삼해. 아니, 캡이야. 캡."

한마디씩 거들자 분위기는 금세 화기애애해졌다. 돈 문제가 껄끄럽긴 해도 워낙에 음악에 죽고 사는 사람들이라 의기투합은 쉬웠다.

어쨌든 나도 1억이 더 생겼다.

생각지 않은 곳에서의 소득이라 고무적이긴 한데 이도 깔끔하게 처리하려면 교통정리는 필수였다.

"자자, 오늘 모인 목적을 잊어선 안 되겠죠?"

"아! 맞다."

"6집에 대해 얘기한댔지?"

"맞아. 그럼 그 곡을 6집에 쓰게 해 줄 거야?"

위대한 탄생은 마치 다 된 밥처럼 굴었다. 1억을 자기네들이 쏜 것처럼.

미안하지만 절대 아니올시다.

"결론적으로 말씀드리면 불가입니다."

"에엑!"

"왜 불가야?!"

"재한이가 지군레코드 계약 얘기도 해 줬다며?"

"워워, 진정들 하세요. 제 얘기 아직 안 끝났어요."

"잠깐들 조용해 봐. 얘기 안 끝났다잖아."

그나마 침착한 이호진이 말리나 다른 멤버들은 마치 배신당한 것처럼 굴었다.

"뭐가 안 끝나? 못 쓰게 한다며."

"이러면 나가린데."

"맞아. 이러면 계획이 어긋나 버렸잖아. 이제 어쩌면 좋지?"

너무 시끄러워져서 할 수 없이 조용길을 보았다.

못 쓰게 한다는 것이 그도 충격이었는지 표정이 심각해져 있었다. 하지만 내 눈길을 무시하지는 않았다.

"잠깐만. 조용히 해 봐. 더 들어 보자. 대운아, 계속 얘기해."

"그래도 될까요?"

아직 시끄러웠다.

얘기도 점점 나에 대한 실망으로 번져 가고 있었다.

"너희들 조용히 안 할래? 얘기 안 들을 거면 나가."

"에엑! 나가라고? 왜 우리한테 화를 내? 우리가 무슨 잘못

했다고?!"

"조용히 하라고. 조용히 하란 말을 몇 번이나 해?! 자꾸 너희 맘대로 굴 거야? 아직 얘기 안 끝났잖아."

"아니, 나도 답답해서 그러지."

"그러니까 네 답답을 왜 여기에서 푸냐고. 얘기가 끝났어? 안 끝났잖아. 안 끝났으면 들어야지. 네 멋대로 할 거면 왜 여기에 앉아 있냐?"

"무슨 말을 그렇게 하냐. 내가 내 입 가지고 말도 못 해?"

"야! 조용히 해 인마. 리더가 조용히 하라면 조용히 하는 거지. 나도 아까부터 궁금했는데 너 때문에 못 듣고 있잖아."

이호진까지 나서고 나서야 분위기는 가라앉았다. 여전히 불만인지 입을 쭉 내밀지만 경솔한 건 내가 아닌 그였다.

하지만 나도 이쯤 되니 빈정이 상했다.

"듣기 싫으신 모양인데 간략하게 말할게요. 제가 생각해 온 아이디어는……."

"아니야. 다 들을 거야. 우린 널 어린애로 생각 안 해. 그러니까 준비해 온 거 다 얘기해도 돼."

또 이호진이었다. 위대한 탄생의 피아니스트.

행여나 나와의 관계가 틀어질까 두려운지 그는 나에게 무척 조심스러워했다.

고맙구만.

"다른 건 아니고요. 이왕지사 이렇게 된 거 6집을 여러분의 곡들로 채우면 어떨까 해서요."

"뭐?!"

"우리 곡으로만 채우라고?"

"정말?"

"어차피 앨범은 조용길의 이름으로 낼 거잖아요. 그럼 계약도 문제없고 그동안 은근슬쩍 작곡도 해 놨을 거 아니에요? 이번 기회에 숨은 명곡이나 찾아보죠."

멤버들의 입이 떡 벌어졌다.

얼굴만 봐도 무슨 생각을 하는지 알 것 같았다.

이때는 조용길이 불러만 줘도 히트 아닌가.

끝.

"제 곡은 7집과 8집에 양보하죠. 만일 아저씨가 그때도 피곤하면 어떡해요? 그때를 대비하자는 거죠. 그거로 부족하면 뭐, 몇 곡 더 써 드리고요. 어때요?"

"그야……."

"나는……."

다들 조용길을 봤다. 제발 좀 수락해 달라고.

하지만 조용길의 허들은 조금 더 높았다.

"그게 다야?"

"……."

"난 이상하게도 네가 더 있을 것 같다는 느낌이 드는데. 아니야?"

"……."

감이 좋은 건지.

이왕 이렇게 된 것. 나도 솔직하게 나갔다.

"당연히 더 있죠. 제가 장대운이에요. 그냥은 안 오죠."

"그렇지? 어서 말해 봐. 뭐가 또 있어?"

"페이트……."

페이트 1집을 꺼내려는데 별안간 이런 식으로 나가는 건
아니라는 생각이 들었다.

나를 믿어 주고 어린 나한테 투자까지 해 주려는 조용길에
게 고작 분당 땅 몇만 평 사 주는 게 도리일까?

물론 그것도 상당한 금액이 될 테지만 이 사람이 나를 대하
는 자세는 시종일관 진지했다. 한 사람의 인간으로서도 인정
해 주고.

그가 원하는 건 음악뿐이었다. 오로지 음악.

그를 단순히 디딤돌 정도로 여기는 것이야말로 오히려 배
신이 아닐까.

'기회를 줘야겠구나.'

기존 계획을 다 흩트리고 처음부터 다시 판을 짰다.

"잠시만요. 생각이 좀 바뀌었어요."

"뭐라고?"

"단순히 투자받아서 수익금 나눠 주는 건 아무래도 배신감
이 드네요. 특히 아저씨한테는 더욱."

"그럼?"

"으음······. 정면 승부를 할 생각이에요. 우리, 제작사를 하나 세워요."

"제작사?"

"예, 레이블이요."

"레이블이면 음반 제작사인데······. 그걸 세우겠다고?"

"유통이 아니니 못할 것도 없죠. 곡만 잘 쓰고 잘 부르면 되는데요. 자자, 지금부터 말씀드릴 테니 잘 들으시고 선택해 주세요."

때 지난 달력을 찢어 거기에 적었다.

회사 설립에 대해 필요한 것들.

신고 서류, 사무실, 직원, 음향 장비 등등.

눈이 휘둥그레지는 이들을 두고 마지막으로 투자금 대비 지분 비율을 넣었다.

"일단 1억 투자에 5% 지분을 드릴게요. 5%는 대주주로 회사에 영향력을 끼칠 힘을 가지고 있어요."

"지분? 5%?"

음악만 하는 사람들이라 모른다.

"간단히 설명해 드릴게요. 지분 5%란 회사 수익의 5%를 가져갈 수 있는 권리예요. 예를 들어, 1억 손익이라면 5백만 원이요."

"여기 적힌 내용대로라면 5천만 원 내면 3%를 가져간다는 거고 1천만 원은 1%를 가져간다는 거네."

"그렇죠."

"그럼 나머지는?"

"제 거죠."

"왜?!"

"왜 놀라세요? 제가 세우고 제가 제작하고 제가 투자하고 제가 다 할 건데요. 전 지금 제 회사에 들어올 기회를 드리는 거예요."

"헛 참⋯⋯."

"이게 잘한다 잘한다 했더니 아주 머리 꼭대기에서 놀려고 하네."

갑작스런 적대라 깜짝 놀랐다.

"야! 너 혼자 다 먹고 다 가져가려면 그냥 너 혼자 해. 이게 어른을 아주 우습게 알아."

"맞아. 지금 장난해? 돈 1억이 장난이야?"

"똑똑하다고 했더니 어린 것이 아주 못돼 처먹었어."

잘못하면 한 대 칠 기세라.

장대운이 진짜 어린아이였다면 무서웠을 정도였다.

조용길과 이호진만 불안한 눈빛이었다.

욱하는 기분에 싸울까 했는데.

저 둘 때문에 참기로 했다.

"왜 감정적이죠? 아저씨들이 감정적일 필요 없잖아요. 이

건 사업 얘기이고 하고 싶은 사람만 들어오시면 돼요."

"뭐라고?!"

"이게 말이면 다인 줄 아나."

더 놔두면 고함까지 치겠다.

그 순간 아마도 내 머리는 용수철처럼 튕겨 나가 저 콧잔등을 들이박겠지.

안 된다.

나가리는 막아야 했다.

자리를 끝낼 생각으로 말을 이었다.

"되게 섭섭하네요. 이런 얘기까지 들을 줄은 몰랐는데. 어쨌든 투자 얘기는 제가 먼저 꺼냈으니 조건은 알려 드릴게요. 단순 투자만 하신다면 5년 기한으로 투자액의 3배를 약속할게요. 만일 3배를 지급 못 할 시 10배로 손해 배상 청구할 수 있게 계약해 드릴 테니까 잘 생각하셔서 내일 오세요. 다만, 회사에 참여하실 분은 투자금에 따른 지분을 받게 될 거예요."

벌떡 일어나 나가자 유재한이 따라왔다.

열린 문으로 곧이어 큰 소리가 터졌는데 언제까지 저런 소리를 듣고 있어야 하냐는 등 괜한 놈이 와서 분란만 일으킨다는 등 대부분이 욕이었다.

유재한도 걱정되는지 한마디 했다.

"너 어쩌려고 그러냐. 그냥 좋게 좋게 하지."

"사업에 좋게 좋게가 어딨어요? 1원 한 장도 투명하게 해야죠."

"그야 그렇지만……. 넌 겁도 안 나냐?"

"겁은요. 들이받을 뻔한 거 참았는데. 저 아저씨들이 제 손 안 잡아도 상관없어요. 전 절 도와준 게 고마운 마음이라 기회를 드린 것뿐이에요. 그렇다고 호구 짓은 안 해요."

"에휴~ 모르겠다. 근데 하나 물어보자."

"물어보세요."

"1억에 5%는 너무 심한 거 아니야?"

큰돈이라는 거다.

큰돈답게 대우해 달라는 거고.

"맞아요. 큰돈이죠. 현시점에는 그렇게 생각할 수도 있어요. 근데 10년, 20년 뒤에도 그런 얘기가 나올까요?"

"……."

"물론 10년도 못 가 망해 그 1억을 날릴 수도 있겠죠. 사업의 향방은 누구도 모르니까요. 안 그래요? 헤헤."

"웃음이 나오냐? 내가 참 너랑 무슨 얘길 하는 건지. 나는 모르겠다. 그냥 지켜나 볼란다."

집에 돌아와서도 난 바삐 움직여야 했다.

충동적으로 세운 계획이라 빈틈이 있었다.

대충 계산은 섰으나 그걸 어떤 방법으로 풀어 나갈지에 대한 건 전혀 준비되지 않았다.

회사는 필요했다.

내가 어리기 때문에라도 회사는 무조건 세워야 했다.

"일단 서류는 두 종류가 필요하겠어. 회사 설립에 관한 건과 단순 투자의 건."

약식이라도 계약서를 만들었다.

나중에 변호사가 알아서 조정해 줄 테니 토대만 만들어 놓으면 된다.

"사업을 하란 말이지?"

사업에 대한 생각이 깊어질수록 앞을 가로막던 큰 산이 사라지는 느낌이 들었다.

회사 이름으로 하면 되잖나.

나이 때문에 걸리던 제한이 일거에 해소되는 기분이라.

언젠가 회사 차릴 생각은 있었지만 왜 지금 차릴 생각은 못 했는지.

"사람을 뽑아야겠네. 확고한 내 사람이 필요해. 하이고, 그런 사람은 또 어떻게 만들지?"

"대운아."

바쁜데 밖에서 할머니가 불렀다.

"예?"

"전화 왔다."

"전화요?"

"거기 그 사람이다."

"그 사람?"

얼른 나가서 받았더니 조형만이었다. 일일학습 대구 칠성동 소장.

"아, 잘 계셨어요?"

[대운아. 내는 잘 있다. 니는 어떠노? 니도 잘 사나? 서울 공기는 좀 다르나?]

"뭐 그럭저럭 그래요. 아저씨는 어때요?"

[내? 내는 좀 그렇다. 요새 힘이 없다. 니 그렇게 서울 가고 나서.]

"아~ 그래요?"

[일일학습이랑 계약식한 거 다 봤다. 조용길이도 왔다제? 니는 잘 지내고 있구나.]

"잘 지내죠. 내년에 학교 가는 것도 준비하고. 같이 음악 작업도 하고."

[으응? 음악 작업?]

"조용길 아저씨랑요."

[그 양반이랑? 되게 좋겠네…….]

말을 질질 끈다.

겉도는 대화는 평소 조형만의 스타일이 아니었다.

아무래도 다른 용건이 있는 모양.

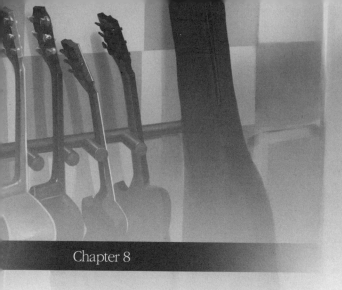

Chapter 8

"아저씨, 그만하시고 말씀을 해요. 마음을 숨기면 제가 알수가 없잖아요."

[아니, 그런 거 없…… 그게 아니고…… 어휴~.]

있긴 있나 보다.

계기를 줬다.

"제가 아저씨 각별하게 생각하는 거 알죠?"

[아직도 그러나?]

"은혜는 안 잊어요. 원수는 100배로 갚고요. 저 몰라요?"

[하아…….]

"말해 봐요. 귀 열려 있어요."

[쩝, 알았다. 내가 남사스러워서 입을 떼기가 힘들었는데. 오야. 이렇게 된 거 다 말할게. 내도 좀 서울 가믄 안 되나?]

"서울이요? 여기에서 학습지 사업 하시려고요?"

[학습지…….]

"학습지 사업에 뜻이 있다고 하지 않으셨어요?"

내 앞에서 엄청 자랑했다. 앞으로 어떻게 되고 어떤 식으로 갈 거라고.

[그야…… 그렇긴 한데. 내사마 본래 배운 것도 없고 살 방도를 찾다가 학습지까지 간 거 아이가.]

"그러면 서울 오셔서 뭘 하려고요?"

[니가 그렇게 가고 허망한 게 도통 일이 손에 잡히지 않는다. 그래도 몸은 튼튼하니까 서울 가도 할 일은 있겠지. 어른이 돼서 이런 말 하는 게 쪽팔린데. 내 좀 도와주면 안 되겠나? 니도 봤지만 내도 수단이 좀 괜찮다 아이가.]

"일 좀 달라고요?"

[그래.]

이게 웬 떡이냐.

안 그래도 내 사람이 필요하다 싶었는데.

이것도 회귀 보정인가?

여러 가지 시험을 거쳐야겠지만 조형만이라면 나쁘지 않았다. 날 발굴한 사람이고 나의 변모를 처음부터 지켜본 사람이니까.

군이 인턴 기간이 필요 없다는 장점이 있었다.

그것뿐인가.

거금 10만 원을 투자해 조용길을 만나게 해 주고 IQ 테스트까지 간 저돌성이면 어중간한 사람 쓰니 조형만이 백 배 나았다.

[안 되겠나?]

간절하기도 하고.

"……."

[……어렵나?]

어렵긴.

합격.

"대구 정리하고 올라오세요. 자리는 제가 봐 드릴게요."

[정말이가?!]

"오세요. 대신 무조건 제가 하라는 것만 하셔야 해요. 다짐할 수 있으세요?"

[당연히 다짐한다. 내 니가 어떤지 봤는데 절대 허튼 생각안 한다. 절대로 니 말만 따를게.]

"좋아요. 잘 따라오시면 서울에서 좋은 이층집에 살게 해드릴게요."

[알았다. 알았어. 딱 일주일만 기다리라. 싹 다 정리하고올라갈게.]

"예."

일일학습 칠성동 영업소 정리하고 가족들 우르르 데리고

오려면 일주일도 빠듯할 테지만 저렇게 자신했으니 반드시 올라올 것이다.

하나도 부담스럽지 않았다. 인맥 하나 없는 이 서울에서 조형만 카드는 내게 그 이상의 가치가 있었으니까.

덕분에 마음이 한결 개운해진 것도 있고.

"이제 남은 건 조용길인데."

어떻게 판단했으려나?

그가 나를 얼마나 아끼는지는 내일 가 보면 알 것이다.

다음 날이 되자마자 유재한이 나를 데리러 왔다.

덤덤히 작업실로 향했더니 분위기가 착 가라앉아 있었다.

보는 눈은 여전히 차가웠지만.

이 정도 저항은 막무가내 악플러에 비하면 천사였다.

가볍게 던졌다.

"회사 설립에 참여하실 분 계세요?"

"……."

"……."

"……근데 정말 3배가 맞는 거냐?"

반응을 보인 이는 두 사람이었다.

나는 말 대신 그들 앞에 어젯밤에 만든 단순 투자 계약서를 내밀었다.

"보세요. 5년 기한에 3배. 대신 1년간은 절대 해지할 수 없고요. 1년 후부터 해지할 수 있는데 그때는 년 단위로 원금

+20%를 드릴게요. 급전이 필요할 수도 있으니까. 5년 후 찾을 때 제가 지급 못 하면 10배로 손해 배상 청구를 할 수 있다는 조항도 넣었죠."

"그러네."

"정말이네."

"야! 이런 건 나도 적을 수 있어. 이딴 계약서를 어떻게 믿어?!"

강성 불만러는 강성 악플러와 동급이다.

설득하는 건 불가능.

왜냐면 이유 자체가 없는 이들이니까.

그냥 준비한 걸 읊어 줬다.

"이 계약서는 예시일 뿐이에요. 확정되면 변호사 사무실로 가 정식 계약서로 공증까지 마칠 거예요."

"뭐야? 변호사를 앞에 두고 계약한다고?"

강성 불만러의 눈이 커진다.

"솔직히 말해 제가 이렇게까지 해 드릴 의무는 없는데. 그냥 조용길 아저씨에 대한 의리예요. 제 신념이기도 하고요. 하실 분 있으세요?"

세 명이 손든다. 강성 불만러도 속해 있었다.

웬열?

"아저씨는 안 하려는 거 아니었어요?"

"불만은 불만이고. 변호사 앞에서 계약 맺는다는데 떼일 염려는 없는 거 아냐?"

아니요. 그래도 떼일 건 떼여요.

다른 두 사람이 1천씩 준비해 온 것과는 달리 강성 불만러는 금액도 3천이었다.

이 사람 뭘까?

싫은 건 싫은 거고 확실히만 해 주면 관계없다는 건가?

의외로 쿨한 성격이네.

"일본 공연하며 받은 돈 다 털어 넣는 거다. 솔직히 하기 싫은데 네 곡이 너무 쓸 만해서 어쩔 수가 없다. 너 정도면 1억 만들어 주는 거 일도 아닐 것 같고."

나라는 존재는 싫지만 내 능력은 싫지 않다는 건가?

솔직하네.

내가 이 사람을 너무 띄엄띄엄 본 모양이군.

그렇다고 비호감이 호감으로 돌아선 건 아니지만.

"걱정 마세요. 근데 그 정도 믿음이면 차라리 회사 설립에 투자하시는 게 낫지 않겠어요?"

"그래 봤자 1%, 2% 받는 거잖아. 그런 건 성에 안 찬다고."

"그렇군요."

남은 네 사람을 보았다.

"그럼 아저씨들은 회사 설립에 참여하겠다는 거예요?"

"난 아냐."

한 사람이 빠졌다. 투자도 설립도 안 하겠다는 것.

어, 인정.

그럼 세 사람인데.

유재한도 손들었다. 안 한다고.

너도 인정.

그럼 두 사람인데.

조용길이 움직이려 하자 이호진이 먼저 나섰다.

"난 5천이다. 전 재산."

"예?! 전 재산이라고요? 그래 봤자 3%밖에 안 드리는데?"

"옛날부터 회사 만들어 보고 싶었어. 나 이거 나가리나면 끝장이니까 네가 잘해 줘야 해."

"그야……. 저도 전 재산을 넣으니 당연한 거고요. 상당히 의외네요. 1천 정도도 덜덜 떨 거라 예상했는데. 소심하게."

"몰라. 나도 처음엔 그러려고 했는데. 어젯밤 꿈에 할아버지가 나타나서서 널 잡으란다. 그래서 싹 털었다."

"우와~ 그럴 수도 있어요. 앞으로 그 할아버지께 감사하셔야겠어요."

이제 남은 건 조용길 하나뿐이었다.

그런 그가 통장을 하나 툭 내밀었다.

"3억이다."

"예?!"

"3억이면 15%지?"

"그야, 맞는데."

"가지고 있던 비상금이랑 나중에 우리 아버지 논밭 사드리려 했던 돈까지 싹 털었다."

"……."

"대운아. 나도 전부다."

전율이 돋았다.

"제가 아저씨께 이 정도였나요?"

"가왕이라고 불러줬잖아. 난 그게 더 크다."

이 얼마나 아름다운 고백인지.

도저히 참을 수가 없었다.

그를 끌어안았고 그것도 부족해 온 힘을 다해 안았다.

다짐했다.

이제 두 번 다시 당신을 시험하지 않겠소이다.

◇ ◆ ◇

"흐음, 이건 아직 이름도 없는 사업체에 대한 투자 건이로
군요."

"예……."

"근데 이게 뭔가요? 아니, 도리어 제가 물어보고 싶군요.
대상이 없는데 어떻게 투자가 가능한가요?"

"그야……."

"물론 대상을 개인으로 바꾸면 됩니다만……. 대상이 또
이 아이라고요?"

다들 쩔쩔맨다.

고작 서비스직 중 하나인 변호사일 뿐인데.

나라님이라도 만난 것처럼 눈도 못 마주치고 변호사는 그게 당연한 듯 지적질을 해 댔다.

조용길의 진심을 알게 돼 모처럼 훈훈했던 기분이 저 배불뚝이 변호사 때문에 싹 가셨다.

이놈을 어떻게 해야 내 기분이 풀릴까?

한 대 쳤다간 큰일이 벌어지겠지? 아닌가? 미취학 아동이라서 괜찮지 않나? 맞아도 어디에서 말 못 할 테고.

나섰다.

영~ 아니면 나갈 생각으로.

"이학주 변호사님이라고 하셨죠?"

"그래, 내가 이학주다."

"그러시구나. 지금까지 참 좋은 말씀이셨습니다. 군더더기 없이 옳은 말씀이라 무조건 새겨들어야겠어요."

"……그러냐?"

"그건 그렇고. 이쯤 하시고 우리 서로 각자 잘하는 일에만 충실하는 건 어떨까요?"

"으응?"

"우리가 비싼 밥 먹고 여기까지 온 건 계약의 법리 검토와 더불어 공중 때문이에요. 훈계를 들으려는 게 아니라. 다시 여쭤볼게요. 맡을 수 있으세요? 없으세요?"

287

"그야……."

"없으시다면 일어나고요. 오늘 할 작업이 참 많아요."

고얀 놈이라고 쳐다본다.

눈초리가 매섭다.

보통 일곱 살이면 겁먹고 울었을 것이다.

나도 울컥했다. 나보다 어린 것이 어디에서 눈을 부라려.

무시하고 그냥 일어나려 했는데.

"누가 할 수 없다고 했어! 이 녀석이 어른이 말씀하시는데 버릇없이."

요것 봐라.

'이 돼지가…….'

이러면 나도 곱게는 못 간다.

어떻게든 저 배불뚝이를 무릎 꿇려야 속이 시원할 것 같았다.

어디 보자. 건들 게 없나?

옳거니.

사무실 벽에 수료증과 인증서, 단체 사진 같은 것들이 잔뜩 걸려 있었다.

저 정도면 형식상이 아니라 명예욕과 더불어 모교에 대한 자부심이 아주 강한 사람이다.

공략법이 떠올랐다.

"갑자기 왜 이러세요. 선배님?"

"뭐?!"

"선배님이 아직 저를 모르시는구나. 제 이름이 장대운이에요. 뉴스에도 나왔는데."

"뉴스? 아니, 네가 왜 내 후배야?!"

뭔 개소린지 모르겠다는 표정이다.

그러나 눈빛은 분명 살짝 흔들렸다.

밀어붙였다.

"앞으로 그렇게 될 거란 말씀이죠."

"뭐라고?! 이게 어른을 놀려!"

"놀리는 거 아니고요. 화낼 필요도 없으세요. 제 얘기를 들어 보시면 고개를 끄덕이실 거예요. 선배님."

"이놈이 자꾸……."

"제가 바로 일전에 우리나라를 놀라게 했던 IQ 190의 천재예요. 혹시 들어 보시지 않으셨어요? 뉴스에도 나왔고 신문에도 많이 실렸는데."

"자, 잠깐만. 뭐라고?"

"천재라고요. 저기 책상에 널린 신문에도 있을 텐데요."

"걔가 너라고?"

들어는 봤는지 미간을 찌푸리며 나를 살피는 이학주였다.

그러나 역시 도저히 믿을 수 없다는 표정이 나왔다.

조용길에 위대한 탄생까지 다 맞다고 확인해 주고서야 겨우 넘어갔는데 그래도 미심쩍은지 이학주는 경계를 늦추지 않았다.

의심도 많은 사람.

"그건 그렇고 내가 왜 네 선배냐 이놈아. 아직 국민학교도 들어가지 못한 놈이."

"그야 당연하죠. 이 좋은 머리가 어디로 가겠어요? 우리나라 최고의 대학이 서울대 아니에요? 서울대가 아니라면 다른 대학으로 가는 수밖에 없겠죠."

"우리 학교가 최고긴 한데…… 그래도……."

빈약한 논리라 따지고 들면 나도 더 방어할 수 없었다.

얼른 말을 돌렸다.

"여기 보니까 사법 연수원 7기시네요. 1976년에 입소하셨고. 사무실은 80년에 개업하셨네요. 만나 뵙게 돼서 반갑습니다. 선배님."

"허어, 자꾸 선배라고 하네."

"이것도 인연 아닙니까. 다른 곳도 많은데 하필 선배님이 꾸리신 사무실로 오다니. 전 아무래도 일이 잘 풀리려는 징조 같은데요."

"……."

대한민국은 학연, 지연, 혈연이었다.

다른 나라인들 다르진 않겠지만.

어쨌든 뭐 어떠랴. 도움된다면 남의 논에 담긴 물도 끌어오는 판에.

이쯤 되자 '선배님' 소리도 제법 익숙해졌는지 이학주의 목

소리도 많이 누그러졌다.

"너는 거 선배님 소리 좀 어떻게 안 되겠냐? 내 지금 나이가 몇 개인데 너한테 선배란 소리를 듣겠냐."

39세였다. 이 장소에서 제일 노땅.

물론 나보단 어리다.

"정말 선배님이라고 듣기 싫으세요? 그렇다고 학주 아저씨라고 부르면 안 되잖아요."

"뭐?"

"아닌가? 이학주 변호사님이라고 불러야 하나? 그건 왠지 거리감이 느껴져서 싫은데."

"아, 됐다. 됐어. 어린 널 데리고 내가 뭘 하는 건지. 네 부르고 싶은 대로 불러라."

"감사합니다. 선배님."

"어휴~ 참……. 그래서 계약 좀 도와달라고?"

자기가 알아서 약식 계약서를 뒤적인다.

"예, 그걸 정식 계약서로 만들고 싶어서요."

"이 정도면 어렵지 않다. 다만 단순 투자는 네 이름으로 받아야 한다. 당장 돈이 오가는 문제니까. 그리고 법인 설립은 어떻게 할 거냐?"

"바로 할 생각이에요."

"네가 사장이 될 수 없는 건 알지?"

"그럼요."

"오케이, 그래도 조건이나 방식 같은 건 제법 꼼꼼하게도 해놨네. 독소 조항도 없고 나름 합리적이야. 아닌가? 아닌데. 이건 너무 퍼 주는 건데. 이 계약서는 일방적으로 너한테 불리한 거잖아. 이거 누가 가르쳐 줬냐?"

"제가 독학으로 했죠."

"다 수정해야 돼. 이 사람들이 지금 애 데리고 뭐 하는 거야!"

큰소리가 나왔다.

조용길과 위대한 탄생은 움찔.

"너희 사기꾼이야!"

또 움찔.

잘못하다간 계약서를 집어 던질 판이라 서둘러 끼어들었다.

"사기꾼 아니에요. 제가 그렇게 해 드린다고 적은 거예요."

"안 돼. 이렇게 하면 안 돼. 지금 은행이자가 9%다, 이놈아. 아무리 투자라고 해도 300%는 오버야. 마지막에 지급 불가 10배 조항도 말도 안 되고. 이게 어떻게 투자 계약서야?! 사채도 이렇게는 안 한다."

다시 조용길과 위대한 탄생을 잡아먹을 듯 노려보는 이학 주였다. 애가 오버하면 말리는 게 어른의 도리가 아니냐고.

모두가 움찔.

"너무 그러지 마세요. 저 보기보다 능력 있어요. 오히려 더 줄 수 있는데 적당히 그은 거예요. 그러니까 너무 나무라지 마세요."

"아니 그래도 이건 좀 심하지. 이거 잘못되면 네 인생 엿 되는 거야."

"알고 있어요. 다 감안하고 쓴 거예요."

"아휴~ 꼬맹아, 너 그렇게 사회가 만만하니?"

"설마요. 그러니까 이런 식으로 투자받고 다니죠. 누가 저에게 이만한 돈을 투자해 주겠어요. 그것만도 이분들은 이만한 수익을 받을 만하세요."

"그건 또 그러네. ……하긴 나라도 너한테는 투자 안 하겠다."

껄껄껄, 이 망할 변호사 놈이 무슨 개소리를.

"그 말씀은 좀 섭섭하네요."

"너 일곱 살이라고 했지?"

"예."

"하아, 집에 있는 애새끼가 멍청해 보이는 날이 올 줄이야. 정말 이대로 할 거야?"

"그럼요."

"그렇게까지 말하니 일단 알았다. 30분만 기다려라. 계약서 다시 만들어 줄게. 다시 물을게. 정말 이 조건 변경 안 할 거지?"

"예, 선배님."

"거, 선배 소리는……. 아니다. 네 맘대로 해라. 자식아."

스윽 가는 이학주를 두고 조용길과 위대한 탄생이 휘둥그 레져 나를 쳐다봤지만 마주쳐 주지 않았다.

조금이라도 잘못 움직였다간 그나마 얻은 이학주의 호의

도 날려 버릴 것이다. 의심이 많은 사람은 여러 방면으로 조심할 게 많았고 눈치는 더더욱 이었다.

역시나 내가 계속 자신에게 집중하고 있자 이학주는 그제야 계약서 작성에 몰입했다. 중간중간 씨익 웃는 것이 재미있어 보이기도 하고 두 부의 계약서를 내 앞에 내려놓았다.

"이거는 단순 투자라 도장 찍으면 이 순간부터 효력이 생기는 거고 이거는 상호만 적으면 법인 설립까지 이어지는 계약서다. 확인해 봐라."

"감사합니다."

보려는데 내 손을 잡는다.

"진짜 이 조건으로 해야 하냐? 지금이라도 고치는 게 어때?"

"약속했어요."

"너 인생 엿 된다니까."

"엿 안 돼요."

"돼."

"안 돼요."

"된다고."

"안 돼요."

"하아……."

한숨을 내쉬는 이학주를 두고 세 사람에게 다가갔다.

"보셨죠? 이 조건이 얼마나 좋은 건지. 확인하시고 도장 찍으세요."

"어, 어, 그래."

한 사람이 계약서를 받다가 괜히 이학주 눈치를 봤다.

눈으로 쌍욕을 하고 있었다.

공손히 말렸다.

"선배님, 제게 이 계약은 아주 중요해요. 더는 제 투자자들에게 뭐라 말아 주세요."

그러자 그의 눈이 나를 향했다.

피하지 않고 진지하고도 조금은 느끼하게 쳐다봐 줬다. 이번만 봐 달라고.

결국 이학주는 고개를 돌려 버렸다.

"하아~ 모르겠다. 나중에 딴말 마라. 난 분명히 말렸다."

"그럼요. 절 아껴 주신 거 잊지 않겠습니다. 선배님."

"그놈의 선배님은…… 젠장."

이후 이학주는 아무 말도 꺼내진 않았지만……. 물론 눈빛으로는 계속 조용길과 위대한 탄생을 몽둥이 찜질해 댔지만.

끝까지 중립을 고수했다.

투자 계약은 성공적으로 마쳤고 5천만 원이란 총알이 내 통장에 들어왔다. 이로써 내 자본금은 2억이 되었다.

사무실을 나오는데 괜히 어깨에 한기가 들고 지친 느낌이 들었다.

몸살이 나려나? 온종일 싸워서?

원래 가져야 할 창업 파트너와의 대담은 내일로 미루기로 했다.

쉬려고 집으로 돌아갔더니 오늘따라 단지 내로 시커먼 승용차가 여러 대 진을 치고 있어 가까이 대지 못하고 멀리서 걸어가야 했다.

여기까지도 나쁘지 않았다.

깊은숨을 내쉬며 라인 입구로 들어가는데.

검은색 정장을 쫙 빼입은 떡대 하나가 나를 붙잡았다. 다른 한 명은 그 뒤를 받치고.

"어이, 꼬맹이, 어디 가냐?"

"예?"

"어디 가냐고. 인마."

위압적이었다.

네까짓 놈이 감히 내 앞을 지나가냐는 듯 동네에서 잘 나가는 형이 삥 뜯을 때의 딱 그 모습이었다.

이 시대 어린이의 인권이란 늘 이런 식이었지만 그래서 그냥 지나쳐도 될 일인데 오늘따라 저 'give me Chocolate'을 보는 듯한 눈빛이 너무 거슬렸다.

같이 쳐다봤다.

"뭘 봐."

"……."

"이 조끄만 새끼가 어른이 물어보면 얼른 대답이나 할 것이지. 어디서 눈을 똑바로 떠!"

"······."

그나저나 이게 대체 무슨 경우일까?

일곱 살짜리가 대관절 아파트에 들어가는 이유를 정말 몰라서 묻는 걸까?

너무도 당연한 걸 또 당당히 묻는 황당함이 스멀스멀 영역을 확장하는 불쾌감보다 나의 심상을 앞질렀다.

덕분에 어떤 일화가 떠올랐다.

예전, 아주 예전, 농민을 발판으로 성장한 은행에 갔다가 겪은 황당함.

그때도 가뜩이나 피곤해 예민해져 있었는데 보안요원인지 뭔지 귀에 통신기를 꽂은 놈이 다가와서 물었다.

어디 가냐고.

"아저씨, 요만한 애가 아파트에 들어가는데 설마 은행 업무 보러 왔겠어요? 그게 말이라고 묻는 거예요?"

"뭐?"

"그리고 남이사 들어가든 말든 아저씨가 왜 막아요? 아저씨가 여기 다 샀어요?"

"요 쪼꼬만 새끼가 말하는 폼 봐라. 어른이 물으면 네 알겠습니다 하면 되지. 어디서 까불어! 너 혼나 볼래?!"

꿀밤이라도 때리려는지 주먹을 든다.

이래서 싸움이 시작되는 것이다. 말 몇 마디 잘못했다가, 눈길 하나 잘못 마주쳤다가.

안 그래도 오전부터 일진이 사나웠는데 오늘 아주 날을 잡은 모양이다.

'내가 좀 예민하게 군 건 맞는데. 그냥 '집에 가는 거예요' 하고 지나가면 될 일이긴 한데.'

이상하게도 이 자식이랑은 좋게 끝내고 싶지 않았다. 눈빛 저변에 깔린 우월의식이 역겨운 것도 있고.

그래도 반사적으로 튀어나오려는 욕은 눌렀다. 이곳은 동방예의지국이니까.

"때리려고요? 경고하는데 지금부터 조심해야 할 거예요. 나 건들면 앞으로 아저씨 인생이 아주 박진감 넘쳐질 테니까요. 주먹 한 방에 인생 걸 자신 있으면 그 손 한 번 떨어뜨려 보시던가요."

"이 새끼가 정말 돌았나!"

잡으려 하였다.

내가 아무리 이 시대에는 절대 찾아볼 수 없는 종합격투기 수련자라지만 상대는 딱 봐도 180이 넘는 덩치에 빵도 좋은 놈이었다.

잡히는 순간 종이짝처럼 휘날릴 게 뻔했다. 이놈이 더 악랄하면 뺨다구를 날릴 수도 있고.

몇 대 맞을 각오를 하는데.

"거기 뭐야?!"

위층에서 터진 소리에 날 잡으려던 손이 성큼 물러선다.

계단 위에서 빼꼼 고개를 내민 건 똑같이 검은색 정장인데 나이가 좀 더 든 사람이었다.

"뭔데 소란이야?!"

"아니, 저 그게…….”

쩔쩔맨다. 날 짓밟으려 할 때와는 천양지차로.

"어! 너는.”

늙은 경호원은 날 보고는 얼른 내려와 눈높이를 맞췄다.

"혹시 네 이름이 장대운이니?"

"……예, 그런데요?”

"아아~ 이제 오는 길이구나. 어서 와라. 널 기다리는 분이 계시다.”

내 손을 잡고 가려는 것이었다.

멈췄다.

"아저씨는 누군데요?"

"아! 우린 경호원이다. 장관님을 수행하지.”

"장관님이요?"

"그래, 너희 집에 장관님이 오셨다. 어서 가자.”

오늘 정말 왜 이러는 건지.

정부청사에나 있을 장관이 우리 집엘 왜 와?

오려면 전화라도 주고 오지.

그건 그렇고.

다시 멈추자 나이 든 경호원이 왜 그러냐는 눈빛을 보냈다.

"아저씨, 경호원이라고 하셨죠?"

"응, 그렇지."

"근데 경호원이 지나가는 사람 막 욕하고 때리려 해도 돼요?"

"뭐?! 그게 무슨 소리야?!"

눈치는 집에 두고 오지 않았는지 날 잡으려던 놈을 노려봤다. 그놈이 움찔한다.

"아저씨가 내려오지 않았으면 먹살 잡혀 들렸을 거예요. 잘하면 뺨도 맞았을 거고요. 이거 장관님께 말해요?"

"뭐?!"

"나 맞을 뻔했다고요."

늙은 경호원이 젊은 놈에게 다가갔다.

"이게 무슨 소리야?"

"아, 그게, 저기……."

"내가 복잡한 거 시켰냐? 그냥 밑에서 잘 지켜보고 있으라고 한 게 그렇게 힘들었냐?! 너 정말 저 애를 때리려고 했어?!"

"아니, 그게 아니라."

짝

귀퉁배기가 올라갔다. 단번에 엎어졌고 또 벌떡 일어나 부동자세로 섰다. 코피가 주르륵 흘러내리는 데도 닦을 생각조차 못 했다.

살짝 너무 했나? 생각이 들었는데.

"너 이 새끼, 내가 전부터 얘기했지. 경호만 하라고. 그 버롯 못 고치면 나한테 죽는다고. 말했어. 안 했어?!"

"하, 하셨습니다!"

버릇이란다. 사람들한테 갑질하는 게.

맞아도 싼 놈.

하긴 애가 좀 싸가지 없기로서니 바로 행동으로 옮기는 어른이 몇이나 될까?

그 후로도 몇 번이나 조인트 까인 놈은 아파서 펄쩍펄쩍 뛰었고 늙은 경호원은 다시 다가와 눈을 맞췄다.

"미안하다. 돌아가면 아저씨가 더 혼내 줄게. 그러니까 오늘은 좀 용서해 주면 안 되겠니? 장관님이 이 사실을 아시면 저놈 무조건 잘린다. 집에 노모도 계시고 지금 잘리면 저놈 폐인 된다."

"사람 고쳐 쓰는 거 아니라던데. 경호하러 와서 어린아이한테 윽박지르는 사람을 어디에 쓰시려고요?"

"그건 정말 미안하다. 내가 돌아가서 다신 못하도록 따끔하게 혼내 주마. 용서해 주겠니?"

어떻게 할까?

얻어맞고 쩔쩔매는 놈에게 다가갔다. 아까와는 전혀 다른 눈빛이었다. 비 맞은 강아지 코스프레보다도 처량하다.

겨우 이 정도였다. 겨우 이 정도 사람.

"어떻게 끝을 볼까요?"

"아, 아니, 아니다. 미안하다. 내가 잘못했다. 날 용서해 줘. 나, 난……."

비굴.

이런 자들의 특징은 군이 설명 안 해도 될 만큼 영화나 드라마에서 많이 나왔다.

그래서 좀 걱정되었다.

대충 끝내면 나중에 앙심 품지 않을까?

호가호위의 말로는 늘 개난장에, 비참하게 죽는 건데 이 자식은 어디까지일까? 영화에서 자꾸 이런 자식을 엑스트라로 쓰는 것도 단지 세상이 권선징악만을 좋아해서는 아닐 텐데.

"……."

자기 인생에서 자기를 보지 않는 멍청한 놈.

그런데 오늘따라 왜 이런 일이 벌어지는지 모르겠다. 난 그저 하루를 살았을 뿐인데.

물론 내 잘못도 있지만, 이놈은 동정도 아까웠다.

돌아섰다.

나이 든 경호원은 긴장 풀지 않고 날 쫓아왔고 현관문을 열자 비서인 듯한 사람이 발견하곤 차분한 목소리로 도착을 알렸다.

"장대운 군이 돌아왔습니다. 장관님."

"오, 그래?"

사투리였다. 아주 익숙한 고장의.

한 발 들어서자 거실로 두 사람이 보였는데 할머니와 머리가 하얗게 세 가는 어떤 중년의 남자였다.

그가 벌떡 일어나 나에게 다가왔다.

"아가야. 왔나? 미안하다. 연락도 없이 불쑥 와서. 아저씨가 쪼매 있어도 되제?"

싱글생글.

인자한 미소를 보이는 남자는 노태운이었다.

노태운.

대한민국 제13대 대통령.

"……."

사고가 정지된 기분이었다. 장관이래서 듣보잡의 기름진 누군가를 연상했는데.

이런 거물이라니.

"하이고, 대운아, 뭐 하노. 인사드려야지. 야가 원래 안 그러는데 놀래서 그렇심더. 죄송합니다."

할머니의 자세도 거의 기계와 같았다. 얼마나 허리를 숙이는지 그가 우리 집에 온 것만도 황송해서 삼배구고두라도 할 기세였다.

그걸 막기 위해 나도 필사적으로 정신을 차렸다.

"안녕……하세요."

"오야. 하이고, 할매, 그만 좀 하이소. 이러시면 불편해서 못 있습니더. 모처럼 동향 사람 만나가 좋았는데 어데 또 오겠습니꺼?"

"하이고, 그래도 이기 이러는 게 아인데. 대접도 마땅찮고

죄송해 미치겠습니다."

"제발 좀 그러지 마이소. 물 한 잔만 주시면 됩니더. 하이고, 그만 하시라니까예. 편히 좀 계시소. 이러면 다신 못 온다 이입니꺼."

"아입니더. 언제예. 언제든 오이소. 내 버선발로 환영할 낍니더."

"그러니까예. 환영만 해 주이소. 너무 예의 차리시면 부담돼서 못 옵니더."

"알……겠습니더. 지는 저기 과일이라도 좀 깎아오께예."

"예, 예."

서둘러 주방으로 가는 할머니를 보는데 저러다 몸살 나는건 아닌지.

하긴 노태운을 상대로 여태 버틴 것도 용했다.

"언제 오셨어요?"

"얼마 안 됐다. 우리 아가야가 빨리 안 왔으면 그냥 갈 뻔했다 아이가."

부산스러운 할머니를 스윽 보고는 피식 웃는다.

나도 웃었다.

"그렇죠? 우리 할매가 좀 리액션이 크죠?"

"리액션? 아가야 니 영어도 할 줄 아나?"

"지금부터 영어로 대화할까요?"

전작 오대길의 일대기를 쓰며 노태운에 대한 조사를 많이

했다. 이 양반이 영어를 잘 쓰고 한때 군인들 영어 강사 노릇
도 했다는 걸 알았다.

"됐다 마. 한국 사람끼리 만났는데 무슨 영어고. 그래도 좀
신통하네."

"……."

"그래, 할매가 그라던데. 요새 조용길 씨 만나고 다닌다고?"

"같이 음악 작업 좀 하고 있죠."

"음악 한다고? 니는 딴따라가 좋더나?"

"사람들을 즐겁게 해 주잖아요."

"오호, 사람들 즐겁게 해 주는 게 좋아?"

"그럼요."

두툼한 손이 나의 머리를 쓰다듬었다.

"착하네."

"……."

"착한 우리 아가야는 커서 뭐가 되고 싶으노?"

"꿈이요?"

"그래."

"일단 뭐 대통령이 되고 싶죠."

"뭐, 대통령? 하하하하하하."

노태운이 웃자 할머니가 무슨 일이 있나 놀라서 고개를 돌
렸다.

"그래그래그래, 꿈은 크게 가져야지. 좋다. 우리 아가야가

대통령 하거라. 하하하하하."

"감사합니다."

"근데 대통령 하려믄 공부 열심히 해야 하는 거 아이가?"

"예."

"공부는 잘하고 있나?"

"고등학교 과정까지 다 끝냈어요."

"뭐……?"

딱 멈춘다.

"지금이라도 허락만 해 준다면 대학에 들어갈 수 있어요."

"그게 정말이가?"

눈을 동그랗게 뜨는데 이 사람이 정말 노태운인지 의심스러울 정도였다.

그냥 옆집 아저씨 같았다. 애들 장난도 격의 없이 받아 주는 그런 아저씨 말이다.

그게 너무 이상했다.

이 사람은 권력의 정점이었다. 말 한마디에 안 될 게 없는 사람.

권위주의가 미덕인 이 시대에서도 최고인데.

이런 사람이 이렇게 편안해도 되나?

겪으면서도 믿기지 않았다.

어느 날 갑자기 저 현관문을 열고 밥 먹으리 와도 하등 어색하지 않을 것 같은 분위기라.

과연 이 사람이 5.18을 저지르고 전두한의 정권 침탈에 힘을 보탰 게 맞나? 단군 이래로 가장 호황인 시기를 이끌었던 양반이고, 깡패 때려잡고 토지 공개념을 관철시키고 야당마저 고개를 흔든 급진적 개혁의 정치인이라고?

헤실헤실 웃는 걸 보면 여지없이 물태운 같긴 한데 이래서 이 사람이 무서운가 싶기도 했다.

웃는 늑대.

그러나 이 자리가 정말 편안한 건 사실이었다. 까탈스러운 내 신경이 윤활유를 바른 것처럼 부드러워진 건 다른 요인도 아닌 순전히 이 양반의 능력이었다.

"대단하네. 내는 니 실력이 그 정도일 줄은 정말 몰랐다."

"괜찮아요. 다른 사람들도 모르세요."

"아! 하하하하하, 그러네. 그러네. 그럼 하나 물어보자. 만약 대학에 갈 수 있다면. 뭐 할 건데?"

"갈 수가 없어서 아직 안 정했어요. 경영도 좋고 법도 괜찮고 뭐라도 딱히 거슬리는 건 없어요."

"과학 같은 건 공부 안 하고? 우리나라 기술 발전에 이바지하는 건……."

"에이, 그런 걸 왜 해요?"

너무 편했던가.

말하고서 아차 싶었지만 이미 노태운의 눈빛이 달라졌다.

"으응? 그게 무슨 말이고?"

"……별말 아니에요."

"아닌데. 엄청 싫어하는 것 같던데. 저기 말 안 해도 되긴 한데……. 아저씨가 궁금하다 아이가. 좀 알려 주면 안 되나?"

"……."

"에헤이, 좀 봐도고. 이렇게 말 안 해 주면 아저씨 밤에 잠 못 잔다. 내일 눈 시뻘게가 출근할 텐데. 안 불쌍하나?"

손가락으로 자기 눈꼬리를 내리며 바보 흉내를 내는데 속아 줘야 하나 고민됐다.

하지만.

역시 안 하는 게 좋겠다.

더럽고 복잡한 문제는 접근 안 하는 게 상책이다.

"별거 아니에요. 관심이 없어서 그렇죠. 재미도 없고."

"재미가 없다고? 하이고, 큰일이네. 우리 아가야가 나서 주지 않으면 우리나라 기술은 우야믄 좋노. 이렇게 계속 바닥을 기어야 하나? 아저씨는 우리 아가야가 좀 도와줬으면 좋겠는데."

설득하기는.

"……."

"아저씨는 말이다. 우리 아가야가 세상에 나왔다는 걸 듣는 순간 가슴이 다 철렁했다. 하늘이 준 기회라고. 아가야라면 조금 더 발전된 세상을 만들 수 있지 않을까? 잘 키워서 우리나라 대들보로 만들면 어떨까?"

"……."

"근데 싫다고 하면 우짜노. 이 일을 우짜믄 좋노. 아저씨 좀 살려 주게 마음을 쪼매 바까주면 안 되나? 지천호 교수한 테도 들었다. 니가 마음만 먹으면 안 되는 게 없을 끼라고."

지천호, 이 양반은 안 끼는 데가 없다.

"아아, 오해 말기라. 지 교수는 저기 북한산에 계시는 대머 리 아저씨가 함 불렀다 아이가. 우짜겠노. 부르는데 와야지. 그래도 그 양반 니 변호하느라 몸살 났다."

"변호요?"

"테스트할라 캤거든. 어려운 문제 막 풀게 해서. 근데 그 교수가 결사반대를 하지 않겠나. 니 천재성이 소모된다고. 그래 가꼬 다 치아뿟다."

"……."

내가 모르는 사이 많은 일이 있었던 모양이다.

"근데 그 양반이 돌아가면서 내한테 이런 말을 안 하나. 니는 다른 천재들과는 근본적으로 다르다고. 그게 뭐냐고 물었더니."

"……."

"통찰력이라 카더라. 어린 나이에는 절대 쌓을 수 없는 통 찰력이 있어서 역사적으로도 니와 비견될 천재는 거 왕필인 가 하는 놈이랑 레오나르도 다빈치밖에 없다 카더라."

"……."

"내사마 그걸 듣고 몸이 달아서 못 참겠는 기라. 내도 안 다. 과학과 기술에도 그 통찰력이 얼매나 중요한지. 근데 우리 아가야가 싫다카네. 이 일을 우짜믄 좋노."

"……"

그래도 내가 대답하지 않자 가만히 나를 보던 노태운은 또 웃어 줬다.

"괜찮다. 그래도 괜찮다. 자기 삶은 자기가 살아야제. 누가 이래라저래라 카는 건 파이다. 내도 다 안다. 다 아는데…… 하나만 대답해 줄 수 없겠나?"

"……뭔데요?"

"IQ 190의, 역사적으로 몇 없다는 천재가 고작 하기 싫어서 안 한다는 게 납득이 안 돼서. 이유를 쪼매 말해 줄 수 없겠나?"

"……"

그 이유를 말 못 해서 안 끌린다고 한 건데요.

"부탁이다. 내도 생각보다 엄청 마음을 쓴 기라 포기라도 해 보고 싶어서 그런다. 안 되는 건 딱 포기해야 하니까."

"……"

"아저씨가 이래 부탁해도 안 되겠나?"

"……"

'부탁'이라는 단어를 썼지만 사실상 듣고 가겠다는 말이었다.

나도 답답했다.

이렇게까지 사정하는데 그럴싸한 대답이 나오지 않았다간 어떻게 될까?

상대는 현 장관이자 미래의 대통령이었다.

앞으로 10년간 이 대한민국을 좌지우지할 사람.

이민 갈 생각이 아닌 이상 무슨 수로 피해 갈까?

하지만 다 까는 건 더 안 된다.

그리고 허락하는 건 그것보다 더더더더더더 안 된다.

취미도 없고 귀찮고 머리 아프고 무엇보다 10평 남짓한 골
방에서 컴퓨터 혹은 현미경이나 쳐다보며 다시 찾은 인생을
날리라고?

설사 연구가 성공했더라도 로열티란 개념도 없는 나라에
서 무엇을 기대할까.

우리나라 과학자들은 쩐 사명감이었다. 두루두루 표창장
을 줘야 옳았다.

그러니까 이런 얘기를 어떻게 꺼낼까.

듣는 순간 어떻게든 설득하려 들 텐데. 내가 뭘 하든 방해
해서라도.

나부터도 그럴 것이다. 난 가능성이 무궁무진한 천재니까.

머리 아팠다.

어떻게 이 사람을 단념시킬까.

위대한 음악의 여정이라 쓰고 집필보다 간편하고 효율적
인 돈벌이라 읽는 직업을 겨우 찾았는데.

내가 미쳤다고 락앤롤도 아니고 밀폐된 Lab에 기웃거릴까.

환장할 노릇이었다. 어떻게 설명을 하려 해도 이 시대는
'사'자 들어가는 직업이 최고.

훗날 세계 최고의 부자들이 어디에서 나오는지 이 사람들은 1도 관심 없었다. 말 안 들으면 때려 부술 줄만 알지.

게다가 이 양반의 진의가 감이 잡히지 않았다.

심각한 위기였다.

"……."

내가 계속 망설이자 노태운은 더 보채지 않고 짐짓 대범한 척 기다려 줬다. 얘기만 해 준다면 얼마든지 기다려 주겠다고.

그냥 갔으면 좋겠는데.

그러다 보니 한편으로는 그 마음이 고맙기도 했다.

그냥 대답해라 옥박질러도 방법이 없었다.

난 일곱 살.

서슬 퍼런 군사정권의 내무부 장관이 저 자세를 취할 고귀한 인물이 아니었다.

"……."

역시나 시간이 흐를수록 더는 버틸 수가 없다는 직감이 들었다.

어설픈 대답은 하지 않느니만 못했고 상대는 '부탁'이라는 단어를 써 가며 나를 배려했다.

더 간다면 '괘씸'이 될 것이다. 설사 그가 괜찮더라도 그 아래 것들이 가만히 있지 않을 것이다.

충직한 개는 알아서 움직이는 법이니 벌써 저 뺀질이 비서부터가 똥 씹은 표정이다.

아아, 제기랄. 잘못하다간 초장부터 인생이 꼬이겠다.

근데 이 양반은 왜 갑자기 와서 탈레반 짓일까.

'어떻게 해야 하나……'

그러다 또 이런 고민조차 의미 없다는 걸 깨달았다.

미치겠다.

상대는 시대의 거인이었다.

말 속에 여지가 있는 것쯤은 손쉽게 파악할 것이다.

젠장.

그의 실망은 암흑이었다.

그 순간 내 인생은 살점이 도려내 지고 피와 죽음으로 버무린 소금에 절여질 것이다.

무지하게 따갑겠지?

그 순간 한 줄기 바람과 같은 속삭임이 들렸다.

'!!!'

누군가 테스 형 마누라도 모르게 다가와 이런 말을 해줬다. 저 군인 탈레반에게도 아킬레스건이 있다고.

오오오오, 구원이었다.

비로소 난 만면에 평화를 얻고 미소로서 그의 손을 잡았다.

"제 방으로 가실까요?"

"으응? 방엔 왜?"

"듣고 싶으시다면서요."

"아아, 부끄러워서 그러나? 그래, 가자. 어서 가자."

루이 14세도 껌뻑 죽을 의전으로 인도했다.

그리고 철컥. 문을 잠갔다.

"으응? 문을 왜 잠그노?"

"제가 과학 쪽을 보지 않는 이유가 궁금하시다고 하셨죠?"

"……그렇지."

"제가 망설이는 이유도 궁금하시겠죠?"

"맞다."

"사실 아저씨가 보통 사람이라면 이런 말씀드리는 건 어렵지 않아요. 이유도 간단하고요."

"보통 사람?"

"예, 보통 사람이요."

잠시 단어가 주는 뜻을 음미하던 노태운은 '보통 사람'이 마음에 드는지 고개를 끄덕였다.

"보통 사람이 좋다면 지금부터 보통 사람 해 주까?"

"계급장 다 떼고요?"

"하모. 니 방까지 초대받았는데 그까짓 거 못 떼 주겠나. 자, 뗐다. 됐나?"

견장을 떼는 행동을 한다.

"됐어요."

"그래, 뭔데? 간단하다고 하는데 내는 결코 간단치 않게 보이네. 열심히 들어 볼게."

"진짜 별거 아니에요. 그저 죽기 싫어서 그쪽으로 안 가는 거죠."

"뭐?!"

두 눈을 부릅뜨는 그를 두고 나는 어떤 사실을 가만히 읊었다.

"사거리 180km, 탄두 중량 500kg."

"그건……!"

"백곰 미사일 기억하시죠? 사거리 200km로 우리나라가 세계에서 7번째로 개발한 지대지 탄도 미사일요. 서울에서 평양까지 거리가 180km이던가요?"

"니가 그걸 어떻게……?"

현대물 쓰던 작가니까요.

"그때 어떻게 됐나요?"

"……."

"실컷 만들어 놨더니 카터 행정부가 막았죠. 이듬해 대통령이 서거하고요."

내가 하고자 하는 말의 의미를 직감했는지 노태운의 주먹이 꽉 쥐어졌다.

"과학 기술은 결국 군사 기술이잖아요."

"……."

"미국이 있는 한 우리나라의 과학은 미래가 없어요."

"대운아……."

"제가 어떤 기술을 개발했다고 치죠. 저 문이 무사할까요? 미군 특수부대가 나타나 당장 부수고 절 납치해 갈 거예요.

그게 아니라면 온갖 더러운 짓으로 못 살게 굴겠죠. 기술 개발이요? 누굴 위해서죠? 미사일 개발 제한이 왜 생긴 건가요? 다 아시잖아요. 미국은 절대 우릴 놔주지 않을 거예요."

"⋯⋯."

"그리고 그중에서도 제일 싫은 건 제대로 배우려면 미국에 가야 한다는 거잖아요. 저들도 머리가 있는데 제가 간다고 원천 기술에 접근하게 해 줄까요? 설사 거기까지 간다 한들 절 놔 줄까요? 아니, 이 나라에 나라 팔아먹는 놈들이 얼마나 많은데 제가 목숨을 걸어요? 전 오래 살고 싶다고요."

입을 떡 벌린다.

"이게 과학의 '과'자도 들여다보지 않는 이유예요. 죽기 싫어서. 거기로 갔다간 틀림없이 죽을 일이 생길 것 같거든요."

"흐아⋯⋯."

방바닥이 꺼질 듯 한숨을 내쉰다.

노태운은 한참을 그렇게 말없이 있었다.

나도 다소 과장된 면이 없지 않아 있다는 건 인정하지만.

세계 최고의 핵물리학자인 이휘수 박사의 음모론도 그렇고 미사일 건도 그렇고 제법 일리가 있는 논리이긴 했다.

무엇보다 이 양반이 그럴 수도 있겠구나란 표정을 짓는 게 더 무서웠다. 최고 기밀까지 접근해 본 양반이 저런 표정을 지을 정도라면 이미 막장이란 말이니까.

10분이나 흘렀던가?

기운이 쭉 빠진 그가 고개를 도리도리 저으며 입을 뗐다.

"부끄럽고…… 미안하고…… 내 면목이 없다."

으음.

"으아~ 죽겠네. 잠깐 구경이나 하러 온 것뿐인데 탈탈 털린 기분이다. 심장이 다 벌벌 떨린다."

격동이 이는지 손을 부르르 떨었다.

서둘러 달랬다.

"어쩔 수 없잖아요. 미국에 종속된 나라인데. 근데 듣고도 화를 안 내시네요."

"화는 무슨…… 부끄러워 죽겠는데."

"의외네요. 아니라고 우길 줄 알았는데."

"내는 그런 사람 아이다!"

"힘없으면 얻어맞아야 하잖아요. 그런 기조는 갈수록 더 심해질 거예요. 제가 왜 딴따라에 기웃거리냐고요? 우선 죽기 싫어서가 크고요. 그래서 더 자존심이 상해서예요."

"……?"

"적어도 문화적으로는 이기고 싶거든요. 200년밖에 되지 않는 나라가 절대로 범접하지 못하는 곳에 올라서 깔아 봐 줄 거예요. 고작 그 정도냐고요."

"뭐, 뭐라꼬?!"

노태운도 놀랐지만 나도 말을 하는 도중 머리끝에서 발끝까지 찌리릿 전율이 통하는 걸 느꼈다.

왜 이것저것 말하다가 이거다! 싶을 때가 있지 않나?

내 예명이 어째서 페이트인지, 어떻게 해서 조용길과 만났고 니나 피아노 교습소는 어째서 들어갔고 모든 것에서 아귀가 딱딱 맞아떨어지는 게 소름이 확 끼쳤다.

비록 돈벌이란 얕은수로 발을 들였다지만, 내 행보엔 내가 모르는 훨씬 더 숭고한 사명이 깃들어 있는 모양이었다. 아니면 말고.

메마른 대지에 단비가 내리는 것 같았다. 목마른 사슴 앞에 샘물이 흘러내리고 사나이 장대운의 가슴에도 국뽕이 차올랐다.

취한다.

모르겠다. 속에서 나오는 대로 내뱉었다.

"그들이 제 노래를 부르고 기꺼이 제 이름을 높이 올리게 할 거예요. 대한민국이 제 존재로 세상에 알려지고 대한민국 국민이 저로 인해 가슴 뿌듯해지는 날이 오게 할 거예요. 제 말 한마디에 그들의 선거가 좌지우지되는 꼴을 반드시 보고야 말 거라고요. 반드시 그런 사람이 될 거예요."

"허어……."

"이게 바로 제가 딴따라로 간 이유예요. 이게 문화의 힘이고요. 보통 아저씨, 이래도 제 꿈이 우스워 보이세요?"

"대운아……."

"……."

"……."

"……"

"……"

"……"

"……"

너무 노려봤나?

국뽕이 살짝 식으니 현실이 보인다.

"죄송해요. 제가 좀 흥분했죠?"

"아이다. 아이다. 내가 미안하다. 난 이런 줄도 모르고……."

황급해하였다. 진짜 미안한 듯.

"아니에요. 오늘 오신 거 저에게 아주 큰 도움이었어요. 사실 정리가 안 됐거든요. 뭘 하고 싶은 건지. 이대로 해도 되는 건지. 화장실 갔다가 밑 안 닦고 나온 것처럼 찜찜한 기분이 계속 됐는데. 말씀드리고 나니 아주 상쾌할 정도로 명확해지네요."

"……"

"맞아요. 제가 K-POP을 세계인의 가슴에 박아 버릴 거예요. 그게 아마도 제가 존재하는 목적이지 않을까요?"

<1권 끝>

무리에 떨어진

청루연 신무협 장편소설

현대인

뻉소니로 요절했던 죽음의 기억이 강렬한데,

'······내가 조휘?'

다 쓰러져 가는 조가철방의 차남이 되었다.
날아가는 새를 떨어뜨릴 권세도,
의지를 관철시킬 무력도 없다.
일가족을 몰살시킬 어마어마한 빚만 있을 뿐.

허나 그 누구도 경험하지 못했을
비장의 한 수가 남아 있으니.

"아버지, 조가철방을 물려주십시오."

문명의 이기를 총동원한 현대인의
중원무림 성공기가 지금 시작된다.